Vou
sumir
quando
a vela
se apagar

CB047003

DIOGO
BERCITO

Vou sumir quando a vela se apagar

intrínseca

Copyright © 2022 by Diogo Bercito em acordo com MTS agência

Revisão
Eduardo Carneiro
Fábio Gabriel Martins

Design de capa e miolo
Alles Blau

Imagem de capa
Robinho Santana

CIP-BRASIL. CATALOGAÇÃO NA PUBLICAÇÃO
SINDICATO NACIONAL DOS EDITORES DE LIVROS, RJ

B428v

    Bercito, Diogo, 1988-
      Vou sumir quando a vela se apagar / Diogo Bercito. - 1. ed. - Rio de Janeiro : Intrínseca, 2022.
    216 p. ; 21 cm.

    ISBN 978-65-5560-419-1

    1. Ficção brasileira. I. Título.

22-77573   CDD: 869.3
                               CDU: 82-3(81)

Gabriela Faray Ferreira Lopes - Bibliotecária - CRB-7/6643

[2022]
Todos os direitos desta edição reservados à
Editora Intrínseca Ltda.
Rua Marquês de São Vicente, 99, 6º andar
22451-041 — Gávea
Rio de Janeiro — RJ
Tel./Fax: (21) 3206-7400
www.intrinseca.com.br

فالملائكة أرواح منفوخة في أنوار

والجان أرواح منفوخة في رياح

والأناسي أرواح منفوخة في أشباح

Anjos são almas sopradas em luzes
Jinn são almas sopradas em ventos
Humanos são almas sopradas em corpos
IBN ARABI (1165-1240)

PARTE I

1.

— *Chu, al-Brazil?*

Yacub pôs o cigarro na boca, apoiou as costas no muro, olhou para Butrus e repetiu a pergunta. As palavras saíram com mais força do que o esperado, espalhando fumaça no ar. Butrus demorou para responder. Andou pelo jardim arrastando os pés no mato que crescia, observando um cenário familiar. Uma casa abandonada em uma curva do vilarejo, as pedras das arcadas prestes a desmoronar. Butrus sentou ao lado de Yacub, pegou o cigarro entre os dedos e provou o tabaco. Como se sentisse os músculos relaxarem, fechou os olhos.

— O Brasil. Por que não?

Yacub aproveitou que Butrus ainda não tinha aberto os olhos e observou as linhas de seu maxilar. Butrus tinha um daqueles rostos em que os traços duros se misturam aos doces. Um rosto forte, com a pele queimada de sol e uma falha na sobrancelha direita. Forte e jovem. Como Yacub, estava prestes a entrar na segunda década de vida. A barba rala, que nunca tinha aparecido por completo, dava a ele um ar de criança crescida. Uma delicadeza e inocência que enterneciam Yacub. Sabia que faria qualquer coisa pelo amigo. Ceifaria o trigo e a cevada debaixo de sol, remendaria suas roupas. Iria até Damasco a pé e voltaria no mesmo dia, se preciso. Limparia seu suor em uma noite febril, cortaria as unhas do seu pé. Mas então aquela conversa de viajar de vapor até o outro lado do mar. O Brasil?

Butrus abriu os olhos e se aproximou de Yacub, devolvendo o cigarro com um gesto lento e doce. Queimado quase todo o tabaco, a chama já esquentava os dedos.

— Você sempre disse que não tinha vontade de ir embora. — Yacub não conseguia disfarçar o rancor na voz. — Que queria ficar aqui para sempre. Que era a sua terra.

Butrus não respondeu. Colocou a mão no bolso da calça puída e tateou alguma coisa. Passou o dedo indicador pelos dentes fincados no maxilar.

— Ontem minha mãe recebeu uma carta do tio Mikhail — sussurrou.

— O tio da mancha no rosto? — perguntou Yacub, tentando adivinhar o fim da história.

— Esse mesmo.

— Ele escreveu de Beirute? Minha mãe sempre fala nele. Que ele foi estudar.

— Ele saiu da universidade. Pegou o vapor e foi para o Brasil.

Butrus roubou o cigarro, fumou o último suspiro e esmagou a bituca no chão. Não disse nada. Ficou olhando a casa de pedra em cujo jardim eles passavam todos os dias depois da colheita.

— O tio Mikhail escreveu uma carta do Brasil e, *khalas*, você decidiu pegar o vapor e ir para lá? — perguntou Yacub.

Butrus se doeu com o rosto todo e continuou calado. Voltou a mão ao bolso, puxou uma pequena caixa de metal e começou a enrolar outro cigarro. Yacub notou que ele se preparava para uma longa conversa.

— Não é isso, Yacub. Você não entende.

Butrus contou que o tio Mikhail tinha dito na carta que o Brasil era *verde*. Não amarelo, como as escarpas da Síria, mas verde, verde. As árvores cresciam nas ruas, arrebentando as calçadas com a raiz, árvores de fruta, mesmo, e ninguém precisava passar fome. Butrus dizia tudo isso olhando para uma oliveira retorcida no jardim. Falava de um lugar sem turcos nem franceses. Uma terra no começo da história, como as primeiras páginas de um livro, em que as pessoas podiam escrever o próprio futuro, escolher quem seriam.

— Quem você quer ser, Butrus, que você não pode ser aqui?

— Você não entende. Aqui, a gente não pode ser nada.

Yacub sabia que havia alguma coisa no Brasil além de árvores que destruíam o chão. Outra coisa que de repente atraía Butrus. Queria pular em cima dele, encontrar a carta do tio Mikhail no bolso da calça e ler aquelas malditas linhas. Um esforço sem sentido. Os olhos veriam apenas traços indecifráveis no papel. Levantou-se e se afastou de Butrus sem dizer nada.

Em pensamento, amaldiçoava o tio Mikhail. Mais um sírio que tinha deixado tudo para trás, largado a terra por arar ou por semear, largado os brotos, as árvores, a relva em que antes dormiam nas noites quentes. Outra casa de pedra vazia num vilarejo que definhava, sem gente para pisar seus caminhos.

Para Yacub, pessoas como o tio Mikhail tinham matado o povoado. Prometiam voltar e sumiam no mundo. Às vezes escreviam contando histórias de florestas e rios caudalosos, de coisas que ali, do outro lado do mar, nem se entendia. E mesmo as cartas rareavam, fios se rompendo devagar. Yacub e Butrus cresceram ouvindo falar desses sujeitos egoístas, de como tinham secado o solo, arruinado seus nomes. Diziam que nunca seriam assim, nunca seguiriam os passos deles. Mas agora Butrus falava de pegar o vapor ele também, desaparecer no horizonte. Por um instante, Yacub desejou que o tio Mikhail tivesse sumido. Morrido em Beirute, no mar, no Brasil. Se não isso, ao menos que o barco trazendo a carta dele tivesse virado de cabeça para baixo e mergulhado no leito mais profundo do oceano, na areia que nunca vê o sol.

Yacub olhava para Butrus, que estava sentado na terra. Via as ideias se formando nele. Ideias perigosas, que afastam pessoas que deveriam ficar juntas. Que separam quem cresceu caçando passarinhos, respirando o ar um do outro, prometendo envelhecer lado a lado. Com um aperto seco na garganta, Yacub deu alguns passos até o poço. Mesmo quando a casa ainda era habitada, a boca do buraco estava sempre coberta por tapumes. O povo não queria que gritasse. Colocou as mãos na madeira, devagar, com respeito. Com as palmas tocando a superfície áspera, pensou em quanta tristeza era capaz de aguentar.

Butrus olhava para ele enquanto enrolava mais um cigarro. Yacub queria dizer que era o suficiente. Que, se fumassem tudo de uma vez, não teriam o que fumar no dia seguinte. Que ninguém ia descer até Damasco para comprar tabaco até sexta-feira. Os cantos dos olhos de Butrus, no entanto, começavam a apontar para baixo, indicando que ele estava à beira de um precipício. Naqueles minutos entre a tarde e a noite, o mundo era especialmente escuro. Yacub mal podia enxergar Butrus caminhando entre as árvores do jardim, quase como se já tivesse ido embora.

— Butrus, vem cá — chamou Yacub.

Queria parar o tempo. Tapar a boca de Butrus, como se fosse o poço d'água. Butrus foi até ele, devagar, e se apoiou também nos tapumes. Passou-lhe o cigarro.

— *Chu?* — perguntou Butrus.

— Fale mais sobre o Brasil.

— Ah — Butrus sorriu. — O tio Mikhail mora em São Paulo. Ele disse que só a cidade é tão grande quanto a Síria. Que tem de tudo. Que um monte de primo nosso se mudou para lá. Moram um em cima do outro quando chegam, em pensões, mas logo enriquecem e constroem palácios. O tio Mikhail começou a vida andando com uma caixa de madeira nas costas, vendendo cruzes de oliveira e tecidos importados. Caminhou tanto que, se fosse aqui, teria chegado a Jerusalém. Mas lá no Brasil a gente anda, anda, anda e não chega a lugar nenhum. É um mapa infinito, uma criação que Deus se esqueceu de interromper. As coisas vão mudando de jeito, as pessoas falam diferente, comem outros bichos, dependendo do vilarejo, mas é tudo a mesma coisa. Tudo Brasil. De tanto andar, o tio Mikhail ficou rico, Yacub. Abriu um armazém em São Paulo. Falou que eu posso trabalhar com ele.

Yacub viu Butrus abrir e voltar a fechar a caixa de cigarros. Olhando para ele, se perguntava de que jeito duas pessoas, crescendo juntas, podiam se tornar tão diferentes. Butrus de repente sonhava com um país verde do outro lado do mar.

Já Yacub não sabia com o que sonhava. Sonhava com chuva pesada todos os dias encharcando o solo até vazar. A mãe e o pai sobrevivendo aos anos. Uma vida boa, sem dissabores, retirada da terra e devolvida a ela no final. Interrompeu Butrus, que não tinha parado de falar de São Paulo e de futuros.

— Você vai para o Brasil trabalhar num armazém e eu fico aqui sozinho na colheita, então.

Butrus fechou os olhos com força. Deslizou a mão por cima do tapume de madeira.

— Não tem nada que eu possa dizer para você vir comigo?

Yacub pensou no mato crescendo na calçada de São Paulo, nas árvores de frutas carregadas, e quase se deixou seduzir pela ideia do vapor. Depois, pensou na chuva que um dia vinha, na mãe e no pai, na terra arada. Pensou também em Damasco, no rio Barada e no figo doce que alguém trazia quando descia para a cidade.

— Não tem nada que eu possa dizer para você ficar aqui comigo? — perguntou, sorrindo.

Eles se deram conta da altura da montanha que tentavam escalar. Quanto mais falavam, mais distantes estavam. Suspiraram quase ao mesmo tempo. Yacub pousou a mão nos ombros de Butrus, olhou no fundo dos olhos dele. Conversaram, por um bom tempo, naquela língua secreta que só os dois entendiam. Movimentos imperceptíveis do rosto que diziam tudo. Reencenavam as lembranças da infância, dos dias passados grudados, dormindo um em cima do outro.

Yacub se afastou do poço. A noite terminava de abraçar os dois por completo.

— *Yalla* — disse, caminhando para o portão aberto. — Logo vão vir chamar a gente.

— É uma pena o poço fechado, com nosso povo sem água — disse Butrus para si mesmo, antes de se levantar.

Afastaram-se um pouco adiante, onde o caminho de terra se dividia em duas línguas. Olharam um para o outro, sorriram de tristeza e tomaram cada qual uma estrada. Yacub seguiu devagar, chutando o chão com o pé descalço, interrompendo o silêncio da noite com um som áspero.

À direita, via a casa da família de seu Ismail. Vazia. Um pouco mais adiante, a de Hakim, o antigo *mukhtar*. Vazia. À esquerda, morava o clã do tio Fuad. Vazia. Atrás do morro, a do tio Mikhail. As casas de pedra eram agora o lar de um vento quente e aprisionado. De um cheiro de terra apodrecida. Um mato escuro cobria as despensas subterrâneas, sufocando o espaço onde antes guardavam os grãos colhidos com suor. A visão doía em Yacub. Não tinha sobrado quase ninguém no povoado. Como o tio Mikhail havia dito na carta — estavam todos no Brasil.

Yacub estava quase acostumado àquela solidão, ao vazio ladeando os caminhos, mas ainda se enfurecia com quem tinha deixado o vilarejo para trás. Ouvia os pais, que se ressentiam de quem havia partido, e as notícias dos que enriqueciam no Brasil agravavam essa mágoa. Nos últimos anos, menos gente tinha ido embora. Parecia que a levedura da migração tinha parado de fermentar. Yacub pensava que ia se casar ali e Butrus também. Uma ideia desconfortável, mas ao menos já desenhada antes de nascerem. Em suas casas, cuidariam das mulheres e dos filhos com quem povoariam a terra. Do lado de fora, fariam tudo o que bem entendessem, como dois deuses solitários. Reconstruiriam o vilarejo, ajeitariam as estradas. Ergueriam até uma igreja para Butrus rezar sem precisar descer até Damasco.

Agora Butrus dizia que também queria ir para o Brasil. De onde vinha aquela ideia estúpida? Das cartas do tio Mikhail? Parecia um plano mais antigo. Uma ideia tão nítida não podia ter se formado há pouco tempo. Yacub se lembrou do *simsar* que tinha visitado o vilarejo alguns meses antes. Um homenzinho detestável de chapéu, caminhando de casa em casa, tomando café no pórtico do velho Adil. Vendendo bilhetes de vapor, prometendo trabalho no além-mar. Yacub não deu muita importância ao homem. Mas pensando agora, conseguia imaginar Butrus passando, entreouvindo a conversa. Quase podia enxergar a semente do Brasil sendo plantada na cabeça dele. Uma árvore dessas com que Butrus sonhava, com um tronco tão largo que era impossível de abraçar.

Entrou em casa de cabeça baixa. Encontrou o pai sentado à mesa e a mãe agachada num canto, separando folhas de hortelã com as mãos. As duas tias tagarelavam encostadas no batente. Yacub foi ao armário, agarrou uma garrafa de áraque, outra de água e dois copos de vidro. Sentou ao lado do pai e serviu a bebida. Sozinho no copo, o áraque era transparente. Misturado à água, ficava turvo como leite de cabra. O silêncio entre eles se alongava enquanto olhavam as linhas tênues que separavam os dois líquidos antes de se tornarem apenas um. A mãe limpou as mãos no vestido.

— Aonde você foi?
— À casa do tio Matar.
— Fazer o quê?

— Fumar.

— Fumar. — Ela suspirou, levantando bem alto as mãos sujas de terra. — Meu filho, um dia as pedras da casa velha vão cair em cima de vocês dois. *Ya rab!*

O pai continuava calado, sentado à mesa.

— A gente não fuma dentro da casa, mãe. É no jardim. Não vai cair nada em cima da gente.

— No jardim? Mas no jardim tem o poço, meu filho. No jardim não pode.

— A gente não fuma perto do poço — defendeu-se Yacub, enquanto seu pai se endireitava na cadeira.

— Em poço de casa abandonada a gente não toca — disse o pai de repente, um aliado da mulher.

— Eu já avisei tantas vezes para você não perturbar o *jinni* — repetiu ela.

Yacub respirou fundo. Quando passava a tarde com Butrus, se esquecia dos pais. De como eram velhos. De como as ideias deles tinham apodrecido. Os dois recitando livros sagrados, acreditando em lendas antigas, respeitando costumes de ontem. Garantindo existir uma criatura de fogo vivendo num poço abandonado. Quase fazia com que concordasse com Butrus. Com que fosse ao escritório do *simsar* em Beirute, gritando por cima do chapéu dele: dois bilhetes para o Brasil! Mas quando pensava em São Paulo, Yacub já sentia saudade dos pais.

— A gente não vai abrir o poço — disse.

Satisfeita, a mãe pôs os pratos na mesa.

À noite, Yacub deitou sem vontade de dormir. Alguma coisa na garganta. O vento entrava pela janela aberta e esticava a pele dos braços como numa febre fria. Pensou no dia seguinte. Não no dia seguinte mesmo, depois que acordasse. No dia quando, depois da partida de Butrus, tivesse de ir sozinho ao campo. Quando enrolasse o próprio cigarro, encostado no muro, e esperasse a luz do dia dar lugar ao breu. Quando, sem Butrus, ouvisse o som dos répteis rastejando embaixo das pedras, entre as folhas secas. O vazio do futuro o envenenava.

2.

QUANDO YACUB chegou ao campo alguns dias depois, não viu Butrus em lugar algum. Não perguntou por ele. Desde aquela história de ir para o Brasil ter começado, alguma coisa havia se metido entre os dois. A tristeza das noites e as horas inquietas na cama cobriam os olhos de Yacub com um véu raivoso. Sentia falta do corpo de Butrus próximo do seu, das pernas se encostando. Carpiu as ervas e cavoucou o solo. Tentava o tempo todo se convencer de que a Síria era tão verde quanto o Brasil. Talvez não fosse verde, nem úmida, nem nada disso. Mas era a terra dos seus avós e a dos avós deles. O sol queimava forte, com uma energia que ele suspeitava não existir em nenhum outro lugar.

Queria acreditar que tinha vencido a discussão da véspera. Imaginava Butrus desolado, com os cotovelos em cima da mesa e a cabeça escondida entre as mãos, repensando a decisão e por fim decretando: não vou embora, dane-se o Brasil. Sorria imaginando a conversa em que Butrus ia anunciar que ficaria na Síria. Fantasiava o abraço com que iam celebrar o futuro. O cabelo de Butrus com um cheiro doce de jasmim.

Quando o dia chegou ao fim e eles ainda não tinham se visto, Yacub murchou. Ele já foi para o Brasil, pensou, mesmo sabendo que a partida imediata era improvável. Já foi para o Brasil e esta é a minha vida. Lavrando sozinho, com pavor de ver a noite cair.

Sentado embaixo de uma árvore, descansando os músculos das pernas e dos braços, Yacub tentou entender o desaparecimento de Butrus. Tinha ficado em casa por vergonha, por ressentimento? Tinha descido a outro pomar, no sopé do vilarejo, onde Yacub não o veria? Mas por quê? Estava cuidando dos animais? Tinha ido à cidade para comprar tabaco, depois de ter fumado toda a reserva à noite, sonhando com o Brasil? Estava relendo a carta do tio Mikhail? Tocava o próprio corpo pensando nas mulheres que conheceria em São Paulo? A ideia enfurecia Yacub, ferindo um orgulho difícil de entender.

Ofegante, deixou o campo e caminhou na direção da casa do tio Matar. Queria provar que podia, sim, sobreviver à solidão depois de perder o único amigo que tivera na vida. Mas queria também ser surpreendido e encontrar Butrus ali, rendido. A incerteza o queimava. Por fim, decidiu-se por uma outra via: bateu na porta da casa de Yassin, onde sabia que os homens estariam reunidos para o narguilé. Entrou, sentou-se no chão do pátio e ficou quieto enquanto ouvia a conversa. Viu o pai de pé num canto, apoiado em um pilar e tentando acender um cigarro.

O professor Habib falava aos demais, em tom apaixonado, da revolta de al-Atrach. Do sonho de destroçar a administração francesa, empurrar os europeus num abismo e por fim, pela primeira vez, deixar que os sírios tomassem conta da Síria. Enumerava os levantes, falava de lugares que Yacub nunca tinha visitado, como al-Kafr, al-Mazra e Suwayda. Citava de cor as palavras de gente que Yacub nunca tinha lido, como Amin e Kawakibi.

Yacub já tinha ouvido aquelas conversas acaloradas antes. Por costume, sentava-se, deixava-se entorpecer pelo narguilé e então olhava para o céu, deixando que as palavras flutuassem ao seu redor sem nunca encostarem em sua pele morena. Agora, no entanto, segurava a mangueira de fumo sem nem mesmo se lembrar de levá-la à boca para inalar a fumaça de água. Olhava para o professor como quem descobria um herói. Abria o peito para que aqueles nomes desconhecidos o enfeitiçassem, como palavras sagradas de um livro perdido.

Nem todo mundo via Habib com os mesmos olhos. Yassin, o anfitrião desbocado, afundava na almofada e revirava os olhos. Interrompia o professor e completava as frases dele, que já tinha ouvido tantas vezes antes sem se convencer. Pigarreava. Debochava, ironizava. *Tayyib*, tudo bem, dizia. Descemos agora mesmo até Beirute, degolamos o Ponsot, dançamos *dabke* com o al-Qawuqji e fica tudo resolvido. No dia seguinte chove no campo. Nossas videiras cagam moedas ao lado das uvas. Ninguém mais passa fome e todos os bebês param de chorar.

Com dificuldade, Yacub acompanhava a conversa. Sentia orgulho da própria terra e pensava que, se pudesse trazer Butrus para o *majlis* de Yassin, talvez ele também se orgulhasse. Ficasse ali. Para lutar, para plantar moedas. Para descer até Beirute e matar o comissário francês com um facão. O professor Habib falava de como, uma vez livres, os sírios alcançariam a Europa. A América. Os sírios fariam tudo o que quisessem. Bastava o povo se unir à revolta, dizia.

As palavras, no entanto, voltaram a se embaraçar na cabeça de Yacub. Trocava nomes e ideias de lugar. Pensava em al-Atrach como se fosse um povoado e em Suwayda como se fosse uma pessoa. Por fim, desistiu de tentar entender os detalhes daquela discussão e guardou apenas a essência, um tesouro recém-descoberto: o futuro seria melhor do que o passado. Ainda pensando nisso, nessa promessa, viu um jornal amassado ao lado de Yassin. Segurou as folhas ásperas nas mãos, sujando os dedos. Do canto da sala, o pai o observava com curiosidade. Yacub fazia uma careta enquanto inalava o cheiro de tinta. Queria encontrar ali as mesmas ideias que o professor Habib pregava no meio da sala, mas só enxergava as linhas retorcidas. Tentava adivinhar que máquina diabólica poderia pintar tantos pontinhos, em cima e embaixo das curvas. Fechou o jornal a tempo de ver o pai suspirar fundo, pedir licença para Yassin e se retirar.

Não demorou para que Yacub também se desculpasse e fosse embora. Já tinha bebido o bastante daqueles nomes. Tinha aprendido a lição. Enquanto caminhava para casa, deixou que as ideias assentassem. Algumas já pareciam absurdas. Descer até Beirute, brandir um facão. Outras tinham se tornado óbvias. Que seu povo, em breve, seria feliz. Sorrindo, imaginou todas aquelas casas habitadas de novo, a terra das ruas amassada, pisoteada por quem caminha depressa rumo ao futuro. Viu um rio nascendo de repente no povoado. Diluiu a tristeza com aquelas imagens, como se fossem uma longa baforada no primeiro cigarro do dia.

Chegou em casa mais feliz do que nos dias anteriores. Oscilava entre o desespero da vida sem Butrus e o desejo de ver chegar o futuro promissor. A mãe picava verduras na mesa enquanto o pai encarava o vazio e pensava em coisas que nunca diria a ninguém.

    Yacub pensou que, se pudesse incluir uma reivindicação aos franceses em troca da trégua nos conflitos, pediria uma garantia de que nunca seria tão infeliz quanto o pai. Não conseguia imaginar o que de tão ruim ele pudesse ter dentro de si que fosse impossível colocar para fora, em cima da mesa do jantar. Com uma recém-descoberta afeição pelo pai, Yacub ensaiou colocar a mão no ombro dele e dizer palavras gentis. Mas não sabia nem por onde começar a romper com tantos anos de silêncio.

    — Meu filho, você quer estudar na escola dos missionários?

    A pergunta pegou Yacub de surpresa. Olhou para as mãos, sujas com a tinta do jornal, ergueu a cabeça e leu a tristeza nos olhos brilhantes do pai.

    — Não — respondeu. — Prefiro ficar aqui com o senhor. Lavrar a terra, cuidar da mãe.

3.

BUTRUS REAPARECEU no campo no dia seguinte sem mencionar seu sumiço. Chegou sorridente por trás de Yacub e com a mão calejada lhe apertou o ombro. Yacub queria perguntar onde ele tinha estado, por que havia desaparecido, mas o orgulho o impedia. Carpiram como teriam feito em qualquer outra manhã — exceto pelo peso no peito de Yacub, empurrando a caixa torácica para dentro, amassetando o coração entre as dobras da carne.

Depois do almoço, quando se deitaram à sombra da árvore de sempre para descansar, o pulso de Yacub desacelerou. Reaprendeu a estar calmo. Com a cabeça deitada na perna de Butrus, olhava para as nuvens, torcendo para que se acumulassem e despencassem de repente, molhando o mundo inteiro. Lembrou-se da visita recente à casa de Yassin, que parecia ter acontecido em outra vida. Dos discursos exaltados do professor Habib. Quis contar tudo a Butrus, dividir com ele a empolgação que sentia com o futuro. Começou falando das revoltas, embaralhando nomes e datas. Falou de Ponsot em Beirute.

— O que é um alto-comissário? — perguntou Butrus.

Yacub se calou por um instante.

— Não sei — admitiu, envergonhado. Repetia aquele palavreado, mas os detalhes lhe escapavam.

— *Yaani*, você quer descer até Beirute para degolar um francês que você não sabe o que faz?

Yacub olhou para Butrus e apertou os lábios, dando de ombros. Butrus começou a rir. Logo os dois estavam deitados no chão, gargalhando e se retorcendo até a graça parecer ter acabado, e depois gargalhando um pouco mais. Yacub enxugou as lágrimas, suspirou. Aproximou-se de Butrus, colocou uma das pernas por cima da dele.

Butrus não disse nada. Nem que sim, nem que não. Yacub engoliu a saliva e retirou a perna. Butrus seguia impassível. Estava ofendido? Yacub se arrependeu do gesto. Um gesto que poderia ter sido acidental, não fosse o peso de todas as ideias que carregava consigo. Yacub se culpou pela ânsia de querer estar sempre tão, tão perto. Mas Butrus sorriu de leve, de um lado só do rosto. Entrelaçou uma de suas pernas na de Yacub e lhe perguntou se estava ouvindo também o passarinho que cantava em algum galho, perto dali.

Cochilaram. Uma brisa espalhava o cheiro do tomilho que crescia em punhados. O velho Adil veio acordar os dois mais tarde. Pediu ajuda para recolocar as pedras que tinham despencado de um muro fazia alguns dias. Caminharam devagar enquanto os corpos despertavam. Trabalharam sem reclamar, revigorados por algo que não saberiam nomear.

— Eu não sei o que o alto-comissário faz — disse Yacub mais tarde. — Mas o professor Habib falou ontem, na casa do Yassin, que a vida vai melhorar. Que a gente vai viver bem.

— *Tayyib* — disse Butrus, concordando sem muitas palavras. Seguiu trabalhando com a pedra.

No fim do dia, a mulher do velho Adil trouxe um prato de metal com dois copos de suco. Beberam de um gole só e rasgaram a pele dos figos com os dentes. Quando Butrus se levantou, Yacub prendeu a respiração. Queria ver para qual direção ele iria, se para a casa dele ou para a do tio Matar. Butrus tateou os bolsos em busca da caixa de tabaco e se pôs a caminhar em direção ao jardim abandonado. Yacub foi atrás.

Sentaram com as costas apoiadas no muro. Yacub observava Butrus como se estivesse olhando para o futuro, para algo que sempre seria dele. Aceitou o cigarro que ele ofereceu depois de ter dado as primeiras baforadas. Sentia-se protegido, envolto pela fumaça que se impregnava nas roupas, misturada ao sal do suor. Queria perguntar se Butrus ainda pensava em ir para o Brasil, mas desistiu. Se não tocasse no assunto, talvez Butrus se esquecesse daquele plano. Talvez já tivesse se esquecido da terra esverdeada, do tio Mikhail e de São Paulo. Mesmo que Yacub não tivesse o fervor dos pais e, embalado pelo professor Habib, sonhasse com uma Síria modernizada, ainda se prendia a algumas superstições — como a de que, ao falar de uma coisa ruim, ele lhe emprestava ainda mais força.

Butrus contou, sem que fosse preciso perguntar, que no dia anterior tinha ido a Damasco a pedido do pai. Pensou que voltaria cedo, mas se atrasou. Não deu detalhes. Estava tudo resolvido, então. Passaram alguns minutos em silêncio. Yacub aproveitava a quietude mole do dia.

— Outro dia vi a Hana no quintal, torcendo a roupa — disse Butrus, os olhos fechados. — Os peitos dela pendendo como dois sacos de arroz.

Yacub ficou sem palavras. Pensou em Hana e se deliciou com a imagem. Mas se incomodou também com a atenção que Butrus punha nela, como se diminuíssem alguma coisa nele. Balbuciou qualquer coisa. Que o bico dos seios tinha um gosto metálico de azeitona, que era uma delícia pôr na boca.

Butrus gargalhou, como tinha feito mais cedo. Chamou Yacub de embusteiro e disse que ele não sabia nada. Não sabia nada do mandato francês no Levante nem dos peitos de Hana, que ele nunca tinha posto na boca, mas falava dessas coisas como se fosse o professor Habib dando lição aos homens na casa de Yassin.

Yacub nunca tinha provado do gosto metálico de Hana. Mas tinha ouvido o tio Matar falar das noites passadas em Damasco, quando descia para resolver algum problema com a administração francesa. Yacub se divertia contando aquilo tudo para Butrus, que ouvia com atenção. Falava da noite que caía sobre os telhados da cidade, dos mercados antigos em torno da grande mesquita. Falava também das mulheres esperando embaixo dos batentes das portas, dizendo coisas que Hana e as outras mulheres do vilarejo nunca diriam. Butrus sorria e fingia que as palavras o incomodavam. Interrompia Yacub com suas interjeições, *Haram!*, *Ya aib al-chum!*. Já Yacub fingia estar constrangido, mas agia como se tivesse de continuar a falar por alguma obrigação implícita. Como se coubesse a ele manter Butrus extasiado, alimentar suas fantasias, estimular seu corpo. Falou de como as mulheres são doces entre as pernas.

— *Haram!* — disse Butrus. Jogou o fim do cigarro no chão

e colocou a mão na virilha.

Yacub percebeu que o corpo do amigo tinha começado a esquentar. O seu já fervia.

— Tem cada mulher, lá. Tem até estrangeira. São elas que fazem de tudo.

Agora Butrus ouvia e roçava a mão por cima da calça larga. Tocava com a ponta dos dedos, dedilhando com a habilidade de quem retesa as cordas de um alaúde. Yacub notou o volume expandido, dançando ao som daquela música muda. Passou a mão pelo próprio peito, desceu até o quadril e meteu por dentro da roupa. Logo os dois estavam com as calças abertas e baixadas, os dedos visivelmente trêmulos tocando a carne, a pele nua. Tateavam uma situação nova. Davam cada passo devagar, para não tropeçar no escuro. Butrus fechou os olhos e implorou que Yacub não parasse de falar, mas as frases se interrompiam no meio, sem jamais se entrelaçar.

— Peitos como os da Hana a gente segura com as duas mãos, aperta, lambe.

— *Haram*... — dizia Butrus. Suas ideias tampouco se amarravam. Repetia aquela sua timidez.

Yacub notou como sua respiração acompanhava a de Butrus. Eram um corpo só. Um corpo dividido em dois no passado do tempo, por engano, e que naquele raro momento voltava a ser único. Esticou a mão trêmula até o rosto de Butrus como se acariciasse o próprio rosto. Desceu pelo peito, a pele suave, a barriga que subia e descia. Sentiu a mão de Butrus escorrendo por seu corpo também, como se fosse um espelho d'água.

Mais tarde esconderam no chão a semente expelida, misturando-a com a terra. Butrus suspirou e enrolou outro cigarro. Yacub se sentia envergonhado, mas também inundado de felicidade; tinha a sensação de que haviam rompido a casca da amizade e chegado à noz. Aquele era, pensou, o ponto do céu em que o sol queimava mais alto. Estava convencido de que seria feliz. Os franceses iriam embora e não levariam Butrus com eles no vapor.

Quando já tinha recuperado o fôlego e tragado o cigarro, Yacub percebeu que o poço do jardim estava aberto. Viu o tapume jogado no chão, ao lado da boca escancarada. Seu coração apertou. Olhou para Butrus, estupefato.

— O poço está aberto.

— Eu sei — respondeu Butrus, a voz baixa. — Vim aqui ontem quando voltei da cidade. Pensei que ia te encontrar. Quando olhei o poço, achei um desperdício ele estar sempre assim fechado, sem respirar. Quando for para o Brasil eu vou procurar o tio Matar e comprar a casa dele para mim. Para quando eu voltar para o nosso povoado. Fiquei imaginando a gente aqui, depois que eu enriquecer em São Paulo, fumando no meu jardim.

Yacub não soube de imediato o que dizer. A revelação de que Butrus ainda pensava em ir para o Brasil o deixava ofendido, desnorteado. O plano de voltar para o vilarejo e envelhecer ali, no entanto, era um bálsamo espalhado nas feridas. Butrus havia dito "nosso povoado", como se nunca fosse abandoná-lo por completo. Confuso, Yacub olhava para o poço aberto.

— Eu falei para você que esse poço tem um *jinni* — disse Yacub, ficando de pé.

— É o que sua mãe diz, eu sei. — Não havia deboche na voz de Butrus. — A gente sabe que não tem.

— Eu não sei de nada — sussurrou Yacub, se aproximando do poço com passos indecisos.

Butrus está certo, pensou. A gente não acredita realmente que os *jinn* existam. A gente não acredita nessas coisas em que nossos pais se acostumaram a crer. Ao mesmo tempo, seus músculos se tensionavam como se ele tivesse visto o rosto do Sussurrador.

Ele se inclinou para olhar dentro da garganta do poço. Enxergou um brilho morto no fundo, na água estagnada, no lodo. Na palma das mãos, sentiu como a pedra descoberta estava quente. Mesmo no entardecer, sob a brisa fresca, estava quente. Afastou-se, pegou os tapumes e voltou a cobri-lo. Respirou fundo antes de se virar para Butrus, que tinha cometido aquela enorme tolice. Mas, perscrutando os próprios pensamentos, encontrou pouca razão para se irritar. Percebeu que, quanto mais envelhecia, mais se parecia com a mãe, vítima de ideias absurdas.

Quando olhou para Butrus, notou que ele segurava o escapulário em uma das mãos. Esticava a corrente no pescoço, os dedos em torno da imagem de um santo de barba negra com os braços esparramados em formato de cruz. O gesto tocou Yacub.

— Achei que a gente não acreditava nessas coisas — sorriu.

— A gente não acredita em nada. — Butrus sorria também, e largou o escapulário.

Abraçados, tomaram o caminho de terra e, ao chegar à bifurcação, separaram-se em silêncio.

4.

YACUB ACORDOU pensando em Damasco. Enxergou no verso da pálpebra uma imagem magnífica: a cidade de Sham, os mercados, as ruas escuras à noite. Tomou o caminho do campo. Ao chegar às vinhas, encontrou Butrus já trabalhando. O sol da manhã passava pelas folhas e iluminava partes do rosto dele com um brilho cálido e branco. Vendo Butrus sorrir, Yacub se enchia de uma impronunciável certeza de que habitava um mundo mais feliz do que o dos outros. Trocaram um bom-dia com palavras atrapalhadas, sem saber bem o que dizer. Foi Butrus quem desenroscou o emaranhado de constrangimento da noite anterior.

— Se a gente se dividir, terminamos o trabalho mais cedo. Fazemos assim. Você pega as folhas e me entrega, e eu limpo. Dá tempo de cochilar antes de comer.

Yacub concordou. Teria concordado com qualquer coisa. Quanto mais pensava no futuro, nos anos de espera enquanto Butrus fazia fortuna no Brasil, mais se acostumava àquele desafio. Agora sabia que teria um ponto-final. A não ser, claro, que Butrus fosse como os outros homens do vilarejo, que pegaram o vapor prometendo voltar no ano seguinte e nunca mais tornaram a pisar no solo da Síria. Yacub pensou em Sumaya, que morreu antes de ver o marido outra vez. Onde estava o velho Hamid? Por que o tio Mikhail não falava dele nas cartas? O boato era que tinha se casado em São Paulo com uma brasileira. Era feliz?

Essas ideias eram incômodas. Assim, Yacub as colocou numa caixa dentro da cabeça, como teria feito com um rebanho rebelde de ovelhas. Voltou a imaginar o futuro do vilarejo, as crianças nadando no rio, o primeiro gole no suco de damasco quebrando o jejum do ramadã. Se não havia nada que pudesse fazer para prender Butrus ali por todos os dias da vida deles, o melhor amigo que tinha, o único amigo, aquele com quem tinha aprendido os meses em que cada semente germina, ao menos aproveitaria aqueles instantes, alongaria as horas passadas juntos, memorizaria cada detalhe como um *hafiz* memoriza o Alcorão.

Seguindo o plano de Butrus, Yacub começou a recolher as folhas de uva. Passava as mãos pelas vinhas devagar. Sentia os cachos, as ramas. A felicidade da tarde ampliava a sensação dos dedos, que se esfregavam no verso das folhas. Buscava as texturas ásperas que revelavam quais estavam prontas para serem colhidas e quais teriam de esperar. Estendia cada folha a Butrus, uma relíquia de cada vez. Sentado no chão, Butrus as recebia e punha uma em cima da outra. Yacub pensava na mãe, em como teria feito tudo aquilo de outro jeito, com pressa, arrancando um maço de folhas, atirando tudo na cesta e voltando para casa num instante. Eles saboreavam.

No fim do dia de trabalho, Butrus começou a caminhar na direção do jardim do tio Matar. Yacub sugeriu outra coisa: que fossem fumar narguilé na casa de Yassin e ouvir Habib falar da Síria. Queria que Butrus fosse contaminado pelo carinho que o professor tinha por aquela terra. Talvez aquilo garantisse que ele iria voltar do Brasil para um futuro promissor.

Yacub também queria se afastar do poço. Ainda se sentia ameaçado pela boca úmida e escancarada.

— Bem-vindo, *ya bacha*! — Yassin parecia feliz com a chegada de Butrus, uma presença rara ali.

Eles se sentaram no chão e, passando o fumo para lá e para cá, escutaram os homens falar. Quem tinha lido os jornais da semana contava as notícias para os outros, às vezes em tom exaltado. Falavam de maquinações políticas, narravam em detalhes os crimes que tinham comovido as capitais. Declamavam poemas, insultavam uns aos outros e sorriam com toda a pele do rosto. Orbitavam dois planetas: o do professor Habib, que queria desmoronar as instituições francesas, e o do anfitrião, Yassin, que apresentava uma série de poréns — que as escolas dos *franj* eram melhores, que havia bons empregos para quem quisesse ser um burocrata, que os sírios não estavam mesmo preparados para se autogovernar. Yacub cutucava Butrus cada vez que alguém falava de maneira apaixonada da terra deles.

Quando se cansaram das discussões em torno de protetorados e alto-comissários, Habib e Yassin se sentaram. Com isso, abriram um silêncio propício para os mais tímidos, os que não tinham conseguido se manifestar na conversa enquanto os ânimos ainda estavam exaltados. Yacub notou que o velho Adil havia tirado algo do bolso. Uma carta. Segurava o papel dobrado com as mãos enrugadas, trêmulas, sem dizer nada. Olhava de um lado para outro do pátio, como quem confere uma derradeira vez se é de fato o último a querer falar. Pigarreou.

— Recebi esta carta do Brasil. Do meu filho.
— Do Michel?
— Sim. Chegou há uns dias.

Adil falava de cabeça baixa, envergonhado. Yassin caminhou até onde o velho estava sentado e estendeu a mão sem falar nada, um gesto terno e impaciente. Adil lhe entregou a carta, levou a mão direita ao coração e agradeceu: *yaatik al-afiye*. Yassin voltou a seu assento e começou a ler em voz alta.

Em um primeiro momento, Yacub amaldiçoou o velho Adil. Lembrou-se da carta do tio Mikhail e de como ela havia empurrado Butrus em direção ao mar. Michel, no entanto, não falava de calçadas de ouro nem de aves exóticas e alucinantes. Escrevia para dizer que estava voltando. Que havia se cansado de viver nos cortiços de São Paulo. Que tinha se endividado para comprar uma caixa de madeira e gastado a sola dos sapatos indo de um lugar a outro sem conseguir juntar um tostão. Que o Brasil tinha mesmo rios de riquezas, mas também tinha rios de gente, chegando de todo o mundo, brigando por um mesmo pedaço de pão. Michel dizia também que havia se casado com uma brasileira. Traria à Síria a mulher e o filho, Adil, cujo nome era igual ao do avô.

Enquanto Yassin lia, Yacub alternava o olhar entre o velho e Butrus. Tinha pena de Adil, sozinho enquanto os filhos desbravavam o além-mar, por isso alegrou-se ao ver o rosto dele resplandecer com a notícia de que Michel voltaria ao vilarejo. Adil falava por cima da leitura da carta, comentando cada crítica do filho ao Brasil. Amaldiçoava São Paulo e os brasileiros, amaldiçoava os vapores e olhava para os outros homens com olhos duros, olhos que diziam que ele tinha avisado, que ele sabia que tudo aquilo ia acontecer. Mal teve tempo de se frustrar com o casamento de Michel com uma brasileira, porque a notícia de que era avô o enterneceu o bastante para abrir mão daquela implicância.

Butrus, por sua vez, permanecia impassível enquanto ouvia uma nova versão sobre o paraíso que queria tanto conhecer. O rosto dele era inescrutável. Yacub, que o conhecia tão bem, investigava cada movimento dos olhos, cada linha vincada da testa, cada tremor dos lábios. Procurava uma gota de suor escorrendo na nuca, mãos irrequietas sem saber onde pousar, um pomo de Adão se movendo para cima e para baixo. Mas não havia nada para ver ali. Butrus olhava para Yassin e Adil sem reagir.

Yassin devolveu a carta a Adil, que não parava de agradecer. Outros dois velhos aproveitaram a deixa e pediram que alguém lesse para eles as cartas de seus filhos. Pediram também que lessem partes do jornal. O professor Habib assim o fez.

Yacub já não prestava atenção em nada, exceto em Butrus. O amigo parecia petrificado. Tinha esperado vê-lo triste, ou decepcionado, ou irritado, ou qualquer coisa, depois de ouvir o relato de Michel. Que continuasse entusiasmado com a ideia do Brasil. Que defendesse os próprios planos, insistisse que Yacub fosse com ele. Qualquer coisa. Mas Butrus seguia em silêncio.

Pouco depois, Butrus se despediu e disse que precisava ir embora. Yacub pensou que era um sinal para que saíssem juntos e fossem para o jardim do tio Matar fumar o último cigarro da noite. Talvez pudessem falar de novo de Hana, voltar a se espelhar.

Quando chegaram à rua, Butrus caminhou na direção oposta. Yacub o seguiu, desorientado.

— *Ya* Butrus, *ya bacha*. Um último cigarrinho?

— Hoje não, hoje não — disse Butrus, sorrindo.

— O que é que foi? — perguntou Yacub, aflito.

— Nada. Estou me sentindo mal. Um pouco enjoado.

Yacub pensou por um instante que aquela história de enjoo fosse uma desculpa. Que Butrus quisesse evitá-lo, talvez por conta da véspera, de coisas que Yacub não deveria ter dito nem feito. Ou porque estivesse cansado de todo dia ir ao jardim, ficar sentado no chão, fumar o mesmíssimo tabaco. Cansado de Yacub, de serem um só. Mas não parecia ser o caso. Butrus ainda olhava para ele com ternura. Só estava quieto, como que desconfortável. Cerrava os dentes, aguçando ainda mais as linhas do maxilar.

Yacub chegou mais perto de Butrus, caminhando tão próximo dele que farejava seu suor. Colocou a mão nas costas do amigo e a deixou ali. Os músculos de Butrus estavam inesperadamente tensos.

— *Ya nur al-ain.* Só mais um cigarro, vamos.

— *Ya habib albi*. Juro por Deus que eu iria. Mas preciso me deitar.

Butrus levou a mão à barriga e sorriu com alguma tristeza. Yacub decidiu não insistir. Caminharam juntos por mais alguns minutos, até Butrus entrar em casa. Yacub foi embora devagar, olhando para o céu. Betelgeuse piscava alucinada no firmamento. Temendo uma noite de insônia, de sono perturbado por perguntas, decidiu se sentar no chão, no meio do campo, e fumar sozinho um último cigarro.

5.

QUANDO YACUB chegou ao campo de manhã e não viu Butrus entre as videiras, sentiu um sopro gelado no ponto do peito em que as costelas convergiam. Fez um esforço para trabalhar sem pensar muito naquela falta. No fim do dia foi à casa do tio Matar. Butrus também não estava lá. Encostou-se no tronco de uma árvore e fumou um cigarro, olhando para o poço fechado. Supôs que o amigo tivesse ido à cidade. Um assunto urgente. Sem tempo para avisar. Voltaria logo. Yacub pensava existir uma espécie de prazer em estar assim, sozinho. Alguma liberdade em ver o entardecer alaranjar o jardim abandonado em que o mato ressuscitava.

Não foi ao *majlis* de Yassin naquela tarde. Preferiu ir direto para casa. A mãe começava a preparar a comida. Sovava trigo. Com as mãos sujas de carne crua, cortava folhas de hortelã em minúsculos fragmentos. Fazia chover grãos de sal na mistura. O pai ainda não estava à mesa. Yacub o encontrou deitado na cama, os olhos opacos presos no teto, os pés se movendo de um lado para outro. Jantaram um pouco mais tarde com as tias e alguns agregados. As mãos esbarravam umas nas outras, esticadas na direção do pão.

Yacub se deitou com o peito leve, sem ter muito no que pensar. Lembrou-se, sem nenhum motivo, do irmão que tinha morrido ainda criança. Recordou os dias de garoto, ouvindo as lições do professor Habib. Pensou na terra úmida e gelada entre os dedos enquanto caminhava nas margens do riacho. Adormeceu enternecido pela própria existência. Ainda era jovem.

No dia seguinte, Butrus tampouco foi ao campo. Irrequieto, Yacub se lembrou do cochilo no mato, da carta de Michel. Do convite, recusado, para fumarem juntos à noite. A mão no pescoço dele. O que ele tinha feito para que Butrus desaparecesse assim? Butrus não teria dormido na cidade. Teria voltado à noite. Então por que não aparecia? Onde estava?

Yacub considerou a possibilidade de que algo tivesse acontecido com a avó de Butrus, a pobre dona Latife. Já estava assim fazia um tempo, mirrada, esperando o abraço da morte. Yacub nem se lembrava da última vez que a tinha visto. Passava os dias deitada na cama, escondida por uma coberta pesada, bordada à mão, resquício de dias passados. Dona Latife morreu, pensou.

Ao meio-dia, Yacub abandonou o trabalho no campo e caminhou até a casa da família de Butrus. Sentia-se culpado por não estar ali naquele que parecia um momento difícil.

Ficou surpreso ao avistar dona Latife sentada no pórtico da casa, manuseando um rosário com as mãos trêmulas. A velha olhava para o vazio com olhos piréxicos. Murmurava uma prece inaudível enquanto retorcia os dedos dos pés descalços. Vê-la viva não aliviou a apreensão de Yacub. Pelo contrário. A visão de dona Latife rezando à porta de casa, delirante, o sufocou ainda mais.

— Bom dia, dona Latife — disse, testando o terreno. — *Kheir, inchallah.* Está tudo bem?

— Uma catástrofe. Uma catástrofe. *Ya satir, ya rab*!

— Dona Latife... — ensaiou Yacub, com medo de fazer a pergunta.

Adivinhava a resposta.

Decidiu deixar a pobre velha ali, sem verbalizar o que a machucava tanto. Adiou por um instante, como se para reunir forças, o momento em que receberia a notícia. Empurrou a porta entreaberta e caminhou até os fundos da casa. Encontrou os pais de Butrus ajoelhados ao pé da cama, amparados pelo restante da família. Viu Butrus deitado, coberto por um lençol empapado de suor.

A visão de Butrus prostrado fez com que Yacub engolisse toda a saliva da boca, secando a garganta. Ele está morto, ele está morto, pensou. Passou por um breve momento de desespero, escorregando para dentro de um abismo.

Logo viu que Butrus ofegava. Olhou para o pai e a mãe dele, que haviam envelhecido décadas desde a última vez que os vira. Andou até a cama, se sentou na altura da cintura de Butrus e prendeu a respiração. A mãe murmurou qualquer coisa. Yacub não a ouviu.

— O que aconteceu? — perguntou ele.

— Ele chegou anteontem à noite cambaleando. Vomitou na cozinha, passou a noite com o estômago desamarrado. A gente achou melhor ele não ir para o campo, achou melhor deixar ele descansar. Mas ele acordou assim. *Ya rab...* O que é que está acontecendo?

    Enquanto lamentava, a mãe de Butrus se ajoelhou ao lado da cama e recolheu uma vasilha. Um líquido amarelo opaco ameaçava transbordar. O cheiro acre de urina envolveu Yacub por um instante. Ainda murmurando, ela deixou o quarto. O marido foi atrás. Yacub conseguiu ouvir, antes de os dois se afastarem na direção do jardim, que ela insistia para chamarem um médico da cidade. Ele dizia que não era necessário. Que o menino era forte. Que ia ficar bem. Tudo ia ficar bem.

    — Ouviu? — perguntou Yacub a Butrus. — Você logo melhora.

    Butrus abriu os olhos e, ao ver Yacub sentado na cama, sorriu. Ergueu o braço e apontou para a jarra de água na cômoda, sussurrando *sede*. Yacub levou algum tempo para alcançar o copo. Estava hipnotizado pela pele da mão do amigo, enrugada de repente, mais fina, sem brilho. Ele tinha definhado de um momento para outro.

    — O que é que você tem? — disse, vendo Butrus beber água com expressão de nojo.

    — Sinto como se alguém tivesse me roubado tudo de repente.

    Ficaram algum tempo em silêncio. Yacub não sabia o que dizer. Não fazia ideia do que é que a gente diz para alguém que se molhou à noite. Alguém que, num dia quente como aquele, se cobre com um cobertor. Com uma toalha úmida que encontrou pendurada na cabeceira, limpou o suor da testa de Butrus. Movia a mão devagar, com medo de rasgar aquela pele tão fina. Passou o dedo indicador pela sobrancelha de Butrus, pela cicatriz que interrompia o desenho.

— Achei que você estivesse chateado comigo. Você não foi me ver no campo.

— *Haram* — respondeu Butrus, sorrindo. — Eu teria ido. Juro. Mas essa ânsia.

— Não tem problema. Amanhã você já estará melhor. Vamos chamar um *hakim* da cidade e *khalas*.

Butrus contorceu o rosto, mordeu os lábios por dentro. Virou de lado na cama, esticou a perna.

— Cãibra — anunciou. — Filho de um cão. *Ya Yacub*. O que está acontecendo comigo?

— Não sei. Outro dia mesmo o filho do Yassin passou mal também. Lembra? E ele melhorou.

— Lembro — disse Butrus, a voz murcha. — Ele estava com o coração disparado também?

Yacub desceu as mãos até o peito de Butrus. A mão tremia como se fosse ele o doente. No vale do tórax, encontrou um coração desatinado. Batia com a força de quem quer romper o cárcere. Butrus levou a própria mão ao peito e a pousou em cima da de Yacub.

— Não sei se o coração dele estava disparado também — disse Yacub. — Mas você vai melhorar, sim.

Deixou a mão entre o peito e os dedos de Butrus, sentindo o frio metálico da pele frágil dele. Lembrou-se do calor da boca do poço no jardim do tio Matar.

— Escuta, Butrus. Você vai melhorar. Vai acordar tão bem amanhã que vai esquecer que um dia ficou largado na cama desse jeito. Quando você se levantar, faço o que você quiser. Descemos para Damasco, passamos a noite lá, a semana toda. Azar dos nossos pais, azar da colheita. A gente vai para Damasco, ver as mulheres nas ruas. Prometo.

— Eu não quero ir para Damasco. Não quero que você me prometa mulher nenhuma. Quero ir fumar no jardim do tio Matar. Cochilar no mato todo dia à tarde com você.

— A gente vai fumar é no Brasil. Em São Paulo. Assim que você melhorar.

Butrus escutou Yacub com olhos curiosos. Sorriu. Moveu o corpo na cama.

— *Takhayyal!* Nós dois no Brasil. Você acha que eles têm cigarro lá também?

— Você disse que tem de tudo em São Paulo — riu Yacub.

— Espero que tenham cigarro.

Dona Latife entrou no quarto, tateando o rosário, e olhou para Yacub. Despachou-o sem dizer nada. Ela se sentou em uma cadeira e ele se levantou para ir embora. Prometeu uma última vez para o amigo que ele deixaria aquele pesadelo, acordaria num dia melhor. Que eles veriam, finalmente, como era aquele tal de vapor e cruzariam o mar rumo às florestas onde chove pesado todos os dias.

Yacub caminhou devagar para casa. À mesa, não falou da doença de Butrus. Conseguia imaginar o que a mãe diria. Era a mesma coisa em que ele estava pensando.

Olhando para a palma da mão aberta, Yacub se lembrava do frio infernal no peito de Butrus.

6.

REVIRANDO O CORPO na cama, Yacub dormiu um sono flácido, sem sonhos. Acordou ainda mais cansado, com um peso desconfortável por trás dos olhos. Estou doente também, pensou. Não no corpo, mas na parte imaterial. A sensação era de impotência. De não saber o que fazer quando alguém sofre de um mal invisível.

Queria descer até Damasco e trazer o melhor médico da Síria inteira. Um francês, se fosse preciso. Bateria na porta do alto-comissário. Pode ficar com toda a nossa terra, diria, fique com nossos rios e nossos pomares, com toda a riqueza que você puder escavar, mas, por favor, salve meu amigo. Vou embora com ele para o Brasil e nunca mais incomodo o senhor.

Sentou-se na janela, acendeu um cigarro e observou as folhas de uma árvore se moverem com o vento. A mãe entrou no quarto. Ele não se virou. Se tivesse visto os olhos dela, teria adivinhado. Ela foi devagar até a janela, pôs a mão na cabeça dele.

— Ele se foi, meu filho. *Allah yarhamu.*

Yacub inspirou o ar da manhã. Ficou imóvel até a mãe sair e fechar a porta atrás dela.

Butrus fora embora. Não para o Brasil, mas para aquela escuridão da qual ninguém volta, ninguém manda cartas. Ninguém enriquece. Tentava visualizar o que estava por vir. Mas, quando pensava no futuro, no futuro da vila, da Síria, de tudo, via uma imensa pedra negra diante de si. Uma parede incontornável. Arrancaram a melhor parte de mim, pensou.

O dia passou como uma enorme sombra borrada. Com passos hesitantes, caminhou até a casa de Butrus. Ouviu os gritos da família. De dona Latife, da mãe, do pai.

A porta estava entreaberta. Pensou em entrar. Em se oferecer para lavar o corpo do amigo, enrolar a carne dele no pano branco. Somos um só corpo, pensou. Vou me enrolar com ele e cobrir a gente de terra.

Yacub não entrou na casa de Butrus. Não saberia explicar essas ideias sem forma. Além disso, os cristãos não lavam seus mortos nem os cobrem com o *kafan*, pensou.

Foi ao jardim, sentou-se no chão e suspirou. Só chorou quando levou a mão ao bolso para retirar o tabaco e enrolar um cigarro. Primeiro calado, depois aos soluços. Desistiu de fumar, desistiu de tudo. Pensou na sucessão de dias diante dele. Dias muito mais escuros do que no pior dos pesadelos. Sem monstros nem quedas em abismos nem perseguições violentas. Um pesadelo feito de momentos vazios e silêncios cinzentos.

Perdido em pensamentos, ergueu a cabeça e viu o poço d'água coberto pelos tapumes.

Lembrou-se do dia em que aquele buraco tinha escancarado a boca. Lembrou-se de Butrus segurando o escapulário, lembrou-se do desdém com que falaram do *jinni*. Andou até o poço, pôs as mãos nas pedras da beirada. Já não estavam quentes, talvez porque o sol estivesse escondido atrás das nuvens. Passou os dedos pelo tapume, inspecionando a madeira como se procurasse a pele de Butrus entre as farpas. Não conseguia esquecer a cena do amigo segurando a imagem do santo, uma das últimas vezes em que o vira sorrir. No dia em que tinham se tornado ainda mais necessários um para o outro, uma necessidade sem nome. Por que a pedra tinha esfriado? As ideias se emaranhavam como lã. Corria os dedos no cabelo, tentando separar os fios do novelo.

— O *jinni* matou Butrus — sussurrou, por fim verbalizando o pavor que o corroía.

Yacub não sabia se aquilo era possível, se os *jinn*, como os turcos e os franceses, também matavam as pessoas. Quando pensava nessa hipótese, tinha pena de si mesmo, da própria superstição, e quase conseguia ouvir o que o professor Habib teria a dizer a respeito. Que essa conversa de *jinn*, de espelhos d'água amaldiçoados — essas eram ideias de gente simples, de gente que dorme no chão e nunca finca raízes.

Mas alguma parte dele, uma parte sem idade, dizia que talvez não fosse mentira. Que seus antepassados tinham soado o alerta contra as criaturas feitas de *marij*, o vento escaldante, de um fogo que não faz fumaça. Que esses ensinamentos tinham sido passados do anjo Gabriel ao profeta Maomé, e então de imã a imã, em uma corrente de transmissão, até chegar a ele.

Ele, justamente ele, que viu o poço aberto e escolheu ignorá-lo.

— Ele não foi embora. O *jinni* levou Butrus à força — disse, afastando-se do poço d'água.

Sentou no chão, curvou o pescoço e golpeou a própria cabeça com as mãos. Recordou-se dos alertas da mãe, de como tinha rido dela. Viu a si mesmo à mesa do jantar, estalando a língua, levantando o queixo e dizendo que não se preocupasse, que eles não abririam o poço. Mas abriram. Butrus abriu. Yacub enxugou o suor que pingava da testa. Por que a pedra do poço estava fria de repente? Ficou de pé. Cogitou arrancar os tapumes, encher o buraco de terra, urinar em cima, destruir tudo.

Mas se antes desprezava aquelas pedras, agora estava carcomido pelo medo que lhe causavam.

Voltou à casa de Butrus. Quando dona Latife o viu diante do pórtico, paralisado, o convidou para entrar e se despedir do amigo. Yacub recusou o convite. Ela estendeu o braço na direção dele, com a palma para baixo, e repetiu enquanto abria e fechava a mão:

— *Taal, taal!* Venha!

Yacub seguiu a velha e entrou na casa. Uma tristeza escura tinha apagado todas as luzes. Viu os pais e os tios de Butrus sentados à mesa.

— *Allah yarhamu* — disse Yacub, tropeçando em si mesmo.

— Obrigada, Yacub — respondeu a mãe de Butrus, segurando o choro. O pai balançou a cabeça.

— Posso ver ele? — perguntou Yacub em voz baixa. Não sabia se era um pedido que se fazia.

— O professor Habib está lá dentro — disse o pai. — Quando ele sair, você entra.

Yacub se sentou à mesa com eles. Um cheiro de zaatar corria pelo cômodo. Viu o tempero espalhado na madeira. Viu as mãos da mãe de Butrus, as unhas manchadas de pó verde-escuro. Ela estava preparando *manquche*, pensou. Ela estava preparando *manquche* quando se deu conta de que Butrus estava morto. Não lavou as mãos. Quando foi que ela soube? Como foi? Imaginava os detalhes, os últimos instantes do amigo, mas não queria saber.

Habib por fim se uniu ao grupo desesperançoso à mesa. Dona Latife tinha voltado ao pórtico, de onde seu choro chegava abafado. O professor colocou a mão no ombro do pai de Butrus e respirou fundo. Conseguia falar de tantas, tantas coisas, de protetorados e altos-comissários, do que os árabes estavam escrevendo no Cairo, à luz dos lampiões do Nilo. Mas agora buscava as palavras certas, Yacub notou. A língua do professor havia murchado.

— Cólera — anunciou Habib. — Acho que morreu de cólera. Tenho lido sobre isso nos jornais. Não havia nada que vocês pudessem ter feito. Mesmo se tivessem chamado um bom *hakim*. Era cólera.

— Como é que se pega essa cólera? — perguntou a mãe de Butrus, a voz baixa.

— Água — respondeu ele. — Água parada. Comida envenenada. Eu não sei.

— É nossa culpa? — perguntou o pai.

— Não. Não é culpa de ninguém, de ninguém. Deus quis assim.

Deus quis assim, repetiu Yacub em silêncio. Quis? A água contaminada. Pensou no poço no jardim do tio Matar. Pensou nas horas que Butrus passou ali sozinho. Se Yacub tivesse estado com ele naquele dia, se o houvesse impedido de abrir o poço... Butrus tinha bebido da água morta? A palavra dita pelo pai de Butrus, *culpa*, tomava-lhe todo o ouvido.

Queria contar o que tinha acontecido no jardim. Mas não sabia o que dizer. Pensava, além disso, que sua culpa, outra vez aquela palavra, transpareceria. Que culpa? Ele não podia ter impedido que Butrus bebesse aquela água. Nem sabia se tinha mesmo bebido. Ou talvez pudesse, talvez tivesse. Alguma coisa fazia com que Yacub pensasse que a morte de Butrus não era o resultado da vontade de Deus, mas a consequência de más decisões, curvas na direção errada.

Depois que Habib deixou a casa e os pais de Butrus caíram em um silêncio profundo, sufocados pela tristeza, Yacub se levantou e foi ao quarto se despedir do amigo. Entrou no cômodo de olhos semicerrados, a cabeça baixa, se preparando para ver o que iria ver. Mas não sentiu nada ao olhar pela primeira vez para o leito de morte de Butrus. Tinha esperado um baque, uma tontura, um desequilíbrio. Viu apenas um corpo estirado, imóvel, neutro.

Yacub se deu conta de que a imagem não o tinha impactado de imediato porque ele não enxergava nenhuma relação entre Butrus e o cadáver. Relaxados de um modo que só a morte permite, os músculos do rosto dele compunham outras feições. Era um rosto diferente, uma máscara funerária.

Yacub cedeu e se convenceu de que aquele era mesmo Butrus. De que, a partir daquele instante, Butrus estava perdido para sempre, tragado pelo mundo. Pelo poço.

Os olhos de Yacub libertaram suas lágrimas. Com a mão tremendo, tocou o rosto de Butrus. Ajeitou uma mecha de cabelo que tinha escapado de trás da orelha. Arrumou a gola da camisa. Asseou Butrus como tantas vezes tinha querido fazer, ao notar o rosto dele sujo de terra, o sangue seco em um corte na perna, alguma coisa fora do lugar. Yacub tinha desejado tanto para o amigo. Agora não podia desejar nada, exceto que voltasse. Que no dia seguinte viesse ao campo, para a colheita, que cochilasse no chão. Que o chateasse com histórias sobre o barco a vapor, sobre o oceano, sobre São Paulo.

Quis abraçá-lo, levantá-lo da cama, roubá-lo. Levá-lo naquele mesmo momento a Beirute, entrar em um navio e ir com ele até o Brasil antes que os vermes lhe comessem a carne. Para que ao menos tivesse realizado o sonho dele, tivesse visto o país com que tinha sonhado. As ideias se misturavam e empurravam Yacub cada vez mais para a beira do abismo de uma tristeza insana.

— A gente nunca fumou o nosso último cigarro — disse, soluçando de repente.

Yacub se despediu dos pais de Butrus com palavras desconexas. Foi embora arrastando os pés e não fechou a porta atrás de si. Caminhou devagar para casa. Encontrou a mãe à espera dele junto ao batente da porta. Depois de abraçar o filho, ela ofereceu um copo de leite, um pedaço de pão. Implorou que comesse alguma coisa. Mas a garganta de Yacub estava fechada pela dor. As tias também vieram, o envolveram nos braços moles, disseram qualquer coisa ou não disseram nada.

Depois, no quarto, ele se esticou no chão. Queria que a terra o engolisse e o mastigasse até destroçar a carne. De repente, as horas do dia pareciam longas demais. Viu o pai espreitando no vão da porta, os olhos tristes, ensaiando um gesto de conforto que nunca chegou a fazer.

7.

À NOITE, YACUB SONHOU. Estava sozinho no vilarejo. Todas as casas tinham sido abandonadas. Heras escalavam as pedras desmoronadas e se espalhavam pelos jardins. O mato se alastrava. Um ar pesado se impunha sobre as coisas. Libélulas pousavam em objetos largados, móveis antigos virados de ponta-cabeça, envergando as asas para baixo e a cauda para cima. O mundo parecia suspenso no exato instante em que o dia virava noite. Preso no ponto mais perigoso, no segundo em que nada respira.

Lentamente, uma labareda se materializou e serpenteou pelo povoado, chamuscando a terra com o sibilo de uma gota de água tocando o fundo de uma panela quente. Yacub a seguia, hipnotizado. Era um fogo muito, muito brilhante. Um fogo líquido, pesado, corroendo metais e erodindo rochas. Tudo se despedaçava ao redor dele.

As chamas por fim se condensaram no chão, aglomeradas em uma massa escarlate. Uma forma quase humana se ergueu e andou pelo vilarejo, observando a destruição, satisfeita, até perceber a presença de Yacub. Com os contornos borrados, ela se virou para olhá-lo nos olhos.

— Acorde — disse a criatura, uma voz retumbante escapando por entre os dentes de fogo.

8.

YACUB DESPERTOU sobressaltado. Ainda estava deitado no chão.
    Viu que já era noite. Levantou-se cambaleando e se apoiou na janela. A boca estava seca. Por alguns segundos, imaginou que tudo tinha sido um sonho. Não só a criatura de fogo, mas também a partida de Butrus. No entanto, a lembrança logo o golpeou.
    Foi à cozinha e se sentou com a mãe, que começava a preparar o jantar. De início não disseram nada, depois ele lhe ofereceu ajuda. Ela disse que, se ele quisesse, podia dobrar as folhas de uva recheadas de arroz e ajeitá-las no fundo da panela, em cima das rodelas de batata, enquanto terminava de desossar a carne. Yacub se curvou por cima da pilha de folhas delicadas e, com a ponta dos dedos, começou a montar os charutos. Precisou refazer cada um deles uma, duas, três, quatro vezes. As mãos tremiam, os charutos se abriam, o arroz se espalhava pela mesa. As folhas se fraturavam quando tentava enrolá-las. Ele já nem prestava atenção. Lembrava-se de poucos dias atrás. Via Butrus sentado no chão, empilhando as folhas bem devagar. Bateu o punho na mesa.

A mãe foi até ele, recolheu as folhas e pinçou os grãos de arroz do chão com os dedos. Disse que não tinha problema. Que ela terminaria de enrolar sozinha.

— O pai está na casa do Yassin com os outros — disse ela.

Yacub se levantou e saiu de casa. Mas não foi até a casa de Yassin. Foi até o jardim do tio Matar. Pensava nos tapumes de madeira, na cólera de Butrus e na própria cólera. Chegou ao poço. O buraco seguia fechado. Parecia nunca ter sido aberto. Imaginou a criatura de fogo saindo do meio daquelas pedras. Em pleno dia, sob o sol. A ideia soava patética.

Passou algum tempo ali, sentado no chão. Ficou surpreso com a calma que de repente descobria, por necessidade, no coração. Lamentava a partida de Butrus enquanto tentava se convencer de que a própria vida seguiria em frente. As pessoas partem. Todos perdem quem amam. Rios secam e montanhas ruem, pensou. Essa é a história do mundo. Aconteceu com todos os meus antepassados e eles nunca desistiram.

Fumou um cigarro e depois outro.

Mais tarde foi até a casa de Butrus. Parte do vilarejo se amontoava entre os cômodos. Os homens do povoado o abraçaram com força. Yacub sorria e agradecia os gestos de conforto. Viu dona Latife sentada num canto do pátio, a cabeça baixa, segurando o rosário. Foi até ela e lhe beijou a mão. Em seguida foi ao quarto ver Butrus outra vez. O corpo tinha sido coberto por um lençol. Yacub disse a si mesmo que talvez fosse um engano, que o cadáver podia ser de outra pessoa. Que, se levantasse o pano, veria o rosto de alguém que não era Butrus.

O pai de Butrus, talvez, ou a mãe, ou um desconhecido, um tio que tinha acabado de voltar do Brasil. Mikhail.

Sentou ao lado de Butrus e se permitiu chorar pelo tempo necessário, ora em silêncio, ora aos soluços. Passava a mão pelos contornos do corpo que um dia tinha sido seu e agora não era de ninguém. Lembrava-se do sonho, do vento de fogo e da ideia de que pudesse ter violado alguma lei antiga, lançando uma maldição sobre o corpo de Butrus.

Quando secou os olhos, caminhou até a porta com a certeza de que jamais voltaria a tocar Butrus ou a ouvir a voz dele. Butrus tampouco voltaria a tocá-lo, os dedos caminhando por seu peito, atrás do pescoço. Parou embaixo da porta, no espaço invisível entre dois pontos da própria vida. Entre o tempo das felicidades simples, de enfiar o dedo dentro de uma romã, pegar uma pequena semente e esmagá-la, e um tempo mais distante e bem mais sinistro. Os batentes das portas, sua mãe dizia, são um *barzakh*. Um limiar. Uma membrana pela qual o mundo dos homens e o dos *jinn* podem se tocar. Um lugar perigoso, onde nunca se deve demorar. Ensaiou um passo adiante, mas deu um atrás. Voltou a entrar no quarto e notou, na cômoda, dois pedaços de papel. O significado ele podia apenas adivinhar. Colocou-os no bolso.

Antes de sair, beijou os lábios de Butrus por cima do lençol. A pele não era tão macia como tantas vezes tinha imaginado. Nada era o que ele queria que fosse. Foi à sala, despediu-se dos pais de Butrus e partiu.

Do lado de fora, caminhando para casa, foi envolvido pelo cheiro quente de um arbusto de dama-da-noite. Interrompeu o passo por um instante, suspirou e finalmente entendeu.

Era o fim.

9.

NAQUELA NOITE, Yacub voltou a sonhar. Viu o irmão, aquele que tinha morrido há tanto tempo, ainda criança. A visão o enterneceu. Meu irmãozinho, disse Yacub, caminhando na direção dele, sufocado pelo sentimento de *hanin*.

Então notou que estava no jardim do tio Matar. A casa não estava abandonada. As pedras todas estavam no lugar. Uma fumaça gostosa escapava da janela, um cheiro de cordeiro e alecrim. O irmão corria por entre as oliveiras.

Yacub viu também, no sonho, o poço d'água fechado pelos tapumes. Um vento súbito sacudiu a copa das árvores e jogou terra no rosto dele, que esfregou os olhos. Quando voltou a abri-los, viu que o irmão tinha desaparecido. A casa havia desmoronado. O poço estava aberto. Aquele mesmo fogo sem contornos da noite anterior apareceu, flutuando por cima do buraco: uma criatura com a forma de um homem de cabeça baixa e olhos erguidos.

Era aterrorizante.

— Por que você continua a me seguir? — perguntou a labareda, antes de queimar toda a terra.

10.

YACUB ACORDOU empapado de suor e com o pulso acelerado. Levou as mãos à cabeça e repetiu: "*Audhu billah min al-chaytan al-rajim.*"

Passou a manhã, a tarde e a noite anestesiado. Foi ao campo, recolheu ervas daninhas, descansou com a cabeça apoiada em uma pedra. Tentava não pensar em Butrus e quase não pensava em nada. Via as nuvens empurradas pelo vento e imaginava como seria flutuar com elas.

Ao fim do trabalho, em homenagem a Butrus, voltou mais uma vez ao jardim da casa do tio Matar para ver o entardecer escurecer o mundo. Seu corpo doía com a ausência dele. Queria tê-lo entre os dedos outra vez.

No dia seguinte, Yacub acompanhou o funeral de Butrus. Os homens da família carregaram o corpo rígido dentro de uma caixa de madeira e o deitaram no chão, diante de uma cruz desgastada. Ao ver Habib entre os presentes, Yacub foi até ele.

Gaguejando, passou a mão pelo bolso até encontrar o que estava procurando. Entregou os papéis para o professor, que não precisou de mais explicações. Disse que a primeira folha, coberta por garranchos, era uma carta do tio Mikhail para Butrus. A segunda, com palavras escritas em linhas retas, a que continha a ilustração de um barco, era um bilhete de terceira classe para o Brasil.

Assim que lhe devolveu os papéis, o professor enrugou as sobrancelhas. Colocou a mão no ombro de Yacub.

— Conheço a dor que você está sentindo. Sei que, agora, você quer prolongá-la até que engula tudo ao seu redor. Sei que a ideia de esquecer Butrus machuca mais que a própria morte dele. Mas é a única coisa que você pode fazer. — O professor tentava sorrir. — Por favor, Yacub. Esqueça.

Yacub agradeceu-lhe com um murmúrio. Ficou ali até ver Butrus ser coberto de terra, palmo a palmo, e sumir no ventre do mundo. Não chorou.

O calor do dia o entorpecia. Em vez de ir ao campo, desceu a montanha sozinho, sem rumo. Foi seguindo os caminhos antigos, as cercas de pedra, passando pelos pomares de amoreira. Colheu algumas frutas, manchando a mão de vermelho. Algum tempo depois, chegou ao riacho. Colocou os pés na água e se deitou no chão para contemplar o céu.

Só conseguia pensar nas duas folhas de papel que tinha encontrado no quarto de Butrus. Na carta do tio Mikhail endereçada a Butrus, e não à mãe dele, ao contrário do que tinha dito. No bilhete de vapor para o Brasil, já impresso, quando Butrus dizia ainda não ter decidido viajar.

Yacub tentava imaginar o rosto dele, mas não o via com nitidez. De repente já não o conhecia, ou o tinha esquecido em um segundo, como o professor Habib acabara de sugerir. Pensava nas conversas dos dias anteriores, na esperança de convencer Butrus a ficar na Síria, a construir um país sem turcos ou franceses, a fecundar o solo com seu suor, seu sangue e seu sêmen. Enquanto isso, Butrus se correspondia com o tio Mikhail em segredo. Tinha um bilhete de vapor em cima da cômoda, com a partida marcada para dali a uma semana. Um lugar garantido no barco que esgarçaria o vínculo entre eles.

Olhando para o tíquete, Yacub quase via a ilustração do vapor se mover, cortando os mares tristes de tinta.

11.

YACUB PASSOU os dias seguintes trabalhando como um homem de argila em que Deus tinha soprado uma alma grande o suficiente apenas para sobreviver, e nada mais. Voltava do campo para casa sem passar pelo jardim do tio Matar. Deitava no pátio de casa e olhava para as mãos calejadas com que tinha arrancado mato e empilhado pedras. Lembrava-se delas fazendo Butrus suspirar, extasiado, do cheiro de seu sêmen. Falsificava a memória. Via a si mesmo beijando as sobrancelhas dele, sua língua, colocando os dedos dele na boca, pondo tudo dele para dentro de si, como se pudesse escondê-lo do mundo.

As palavras do professor Habib continuavam a ressoar. Pareciam um inseto que tinha entrado pelo buraco do ouvido e não encontrava a saída. Ia zumbir até seu fogo apagar ou enlouquecer o hospedeiro. Yacub queria mesmo, como Habib tinha adivinhado, prolongar a memória de Butrus até o limite. Mas a lembrança vinha com a imagem de um bilhete comprado às escondidas, com um dia marcado para a separação. Vinha com a lembrança de tudo o que nunca tinham feito nem poderiam fazer.

Olhava para a cortina que flutuava com o vento do início da tarde e tentava enumerar suas possibilidades. Butrus costumava falar do vilarejo como um lugar sufocante de onde havia poucas saídas. Mas Yacub queria acreditar no contrário. Imaginava mil caminhos embaixo dos pés, caminhos abertos em leque como um raio espalhado no céu do Beqaa. Imaginava, de repente, que compraria a casa do tio Matar. Será que gostaria de se casar com uma moça e ter seis, oito filhos para ensinar a subir na árvore? Não sabia. Era o que esperavam dele. Eram coisas tidas como certas, mas que supunha existirem em outra parte dele, uma parte menos real, uma parte que ele vivia para os outros porque precisava viver.

Podia vender a casa dos pais, se morressem, e se mudar para Damasco. Aprender a ler, derrubar o mandato. Ou doar tudo o que tinha, colocar uma túnica de algodão, se unir a uma *tariqa* e se aproximar de Deus.

Naquela noite e na seguinte, não sonhou. Ou, se sonhou, não se lembrava.

Mergulhou nos afazeres do campo, ajudou a mãe na cozinha, enrolou e fumou cigarros. Tentava pensar em Butrus com alguma alegria, apesar da dor da ausência e do que cada vez mais via como uma traição, como uma coisa feita no escuro para ninguém ver.

Yacub foi à casa de Yassin certa noite, prometendo que o visitaria com mais frequência. Tentou memorizar os nomes dos políticos a respeito dos quais Habib vociferava entre bandejas de uva verde e mangueiras de narguilé.

12.

MAIS ADIANTE naquela semana, Yacub foi visitado outra vez pela criatura de fogo.

Dessa vez o sonho não começou na vila, mas no topo de uma caixa flutuando no mar. Ele caminhava por uma superfície de madeira que se estendia até um ponto distante. Duas chaminés cilíndricas, maiores do que as casas que tinha visto em Damasco, se erguiam no centro da caixa e enfumaçavam o céu. Torres ainda mais altas do que as chaminés estavam presas ao chão por um emaranhado de fios. Alguns detalhes estavam borrados. As estruturas trocavam de lugar, desabavam e se reconstruíam uma e outra vez. Mas o lugar era inconfundível. Yacub o tinha visto no bilhete de Butrus, ilustrado como se fosse um feitiço dos anos de *jahiliyya*.

O barco a vapor de repente se esvaziou, restando apenas Yacub. Naquele lugar vazio, o fogo do sonho anterior se materializou diante dele. Ergueu-se em uma única labareda, exalando um cheiro intoxicante de cravo e noz-moscada. O rosto dele tinha, pela primeira vez, feições nítidas, traços antigos como os das estátuas pagãs. O *kohl* ao redor dos olhos lhe realçava as pupilas. A barba estava trançada em padrões geométricos, enfeitada com sementes, chegando até o peito. O *jinni* já não queimava. Parecia igual ao restante dos homens, mas olhava para Yacub com o desdém das criaturas imortais.

— Esqueça. Esqueça. Esqueça — repetiu o fogo, com o som indolente que o vento morno tem.

Paralisado, Yacub viu como o sonho evaporava aos poucos. O *jinni* desapareceu. O vapor desapareceu, o mar desapareceu.

Antes de desaparecer também, Yacub disse em voz baixa que não, não esqueceria.

13.

YACUB SALTOU da cama antes mesmo de o corpo terminar de despertar. Alucinado, procurou os papéis de Butrus.

Olhou o bilhete, o barco desenhado, as palavras e números riscados. Cobriu os olhos com a palma das mãos, inspirou devagar e pediu a Deus que lhe limpasse a mente turva, que lhe deixasse ver as ideias flutuando não naquela tempestade opaca, mas em águas calmas e transparentes, daquelas que nascem nas frestas das rochas. Pressentia que não era uma divindade quem atendia às suas súplicas, e sim os *jinn* que vivem no fino espaço entre o céu e a terra. Em vez de enxergar o futuro com clareza, via como a tristeza decantava em gotas de cólera. Aceitou: jamais seria feliz outra vez no vilarejo, sem Butrus. Esmurrou a parede, derrubou a cômoda, arrancou as cortinas que tapavam as janelas. Gritou como um animal ferido.

O pai apareceu no vão da porta. Os olhos cansados ficaram marejados ao ver o filho daquele jeito. Seguiu calado, com uma das mãos dentro do quarto e o restante do corpo para fora.

— Pai, eu vou para o Brasil.

Ele não respondeu. Baixou a cabeça e fechou a porta.

PARTE II

1.

SENTADO EM UMA CAIXA de madeira com as costas apoiadas em uma parede pintada de cal, Yacub observava o movimento do cais com os olhos arregalados. Estivadores caminhavam em fila, com sacos de café nas costas. Com um lenço, limpou o suor que escorria pela testa e atrás do pescoço.

Lembrou-se de que, no calor, os pássaros respiram com o bico aberto, como se gritassem em silêncio. Queria gritar também, mas sussurrou: cheguei. Moveu os lábios em silêncio, formando os contornos do nome de Santos, ensaiando a pronúncia. Desde que tinha embarcado na escala em Marselha, era assombrado pela ideia de aportar no destino final. De algum jeito, queria nunca chegar, só partir.

Tinha tomado a decisão em um fôlego só. Deixar o povoado, a família, a dor da morte, e rumar para o cenário dos sonhos de outra pessoa. Havia encontrado o *simsar* em Beirute, trocado o nome no bilhete, localizado o vapor no porto e o beliche que lhe cabia na terceira classe. Acompanhou as estrelas mudando de lugar no céu enquanto cruzava o mar. No ponto em que o Mediterrâneo toca o Atlântico, viu uma massa de terra de cada lado do barco. Mas ainda não tinha tido a coragem de pensar mesmo no Brasil, nos primeiros passos ao pisar naquela terra.

Com a mão tremendo, abriu a caixa de tabaco, pegou papel e fumo e começou, devagar, a enrolar um cigarro. Alongando os minutos com os dedos. Um gato magro arrastava uma massa disforme pelo chão sujo, os olhos erguidos em alerta. Sou eu, pensou, estalando a língua. Sou os dois, sou o gato e a refeição. Viu, então, um homem se aproximando dele com uma maleta na mão e um enorme sorriso no rosto. Vestia uma jaqueta bege. Seus sapatos brilhavam.

— São Paulo? — perguntou o homem, e depois emendou uma série de palavras que Yacub não entendeu.

Não sabia o que responder. Seu coração disparou ao pensar na ideia particularmente aterradora que o tinha assombrado durante toda a viagem, sem dar sossego. Imaginou-se largado no meio do mato, sem falar a língua daquelas terras, tropeçando nas pedras sem saber para onde ir. De repente, teve a certeza de que nunca encontraria o caminho de volta para a Síria. Estava perdido.

Acenou devagar com a cabeça, gaguejando que sim. São Paulo.

O homem sorriu mais ainda. Yacub esperou que fosse embora, mas ele continuou ali de pé. Notou os olhos escuros, o cabelo escuro, o pelo do peito também escuro escapando da gola da camisa aberta. Tinha traços finos, um rosto que cintilava. Orelhas que pareciam fugir do rosto, inclinadas para os lados de um jeito engraçado.

— Cigarro? — perguntou ele, apontando para a bituca que Yacub segurava.

— *Akid* — respondeu Yacub, abrindo a caixa de metal e oferecendo um.

O homem deu um passo para trás ao ouvir a palavra em árabe. Riu até rasgar o rosto e disse.

— *Al-hamdu lillah!* Você também vem de Beirute? *Tacharrafna, tacharrafna*. Me chamo Jurj.

Jurj estendeu a mão delicada. Yacub se apresentou. Em seguida, Jurj voltou a pedir um pouco de fumo, dessa vez na língua materna. Pediu licença e se sentou em um canto da caixa. Enrolou dois cigarros e ofereceu um para Yacub, acendendo-o com um fósforo.

Enquanto fumavam em silêncio, Yacub tentou se lembrar da última vez que havia tomado banho. Pensou também no cheiro de vômito que impregnava os corredores do vapor durante a viagem. Apertou os braços contra o tronco, tapando a axila. Torcia, em parte, para que Jurj fosse embora, para que o deixasse em paz. Mas torcia sem muita convicção.

— Como é que você fala a língua daqui? — perguntou Yacub. — Não acabou de chegar também?

— Sim, agorinha. Mas a língua deles, o português, é um bocado parecida com o francês.

Yacub enxugou mais uma vez o suor que descia pelo rosto em linhas fartas. O líquido lhe queimava os olhos. Explicou que não falava francês. O homem de sapatos brilhantes acenou com a cabeça e franziu os olhos, medindo alguma coisa invisível. Passou o braço por trás das costas de Yacub. Não disse nada. Abraçou Yacub com força, como se abraça uma criança perdida no *suq*. Um gesto pequeno, quase banal, mas que rompeu alguma coisa dentro de Yacub. Baixou a cabeça, escondeu o rosto na palma das mãos e chorou.

— *Chu fi*? — disse Jurj em tom alegre. — Também estou com medo. Mas tem muito árabe aqui. Gente que veio de Zahle, Rachaya e Homs. A gente se acha. A gente se ajuda. Dá certo para todo mundo, não é isso? Vai dar certo para a gente também.

Yacub enxugou as lágrimas, ficou de pé na frente da caixa. Meses depois da morte de Butrus, ainda se sentia o homem mais sozinho entre todas as criaturas do mundo. Os dias passavam como se não fossem dele, como se enxergasse a vida através de uma névoa dura.

Foi até uma das maletas e retirou um papel dobrado e escondido entre as roupas. Voltou até onde Jurj estava sentado. Viu que ele tinha se servido de fumo sozinho, abrindo a caixa de metal e enrolando dois outros cigarros. Yacub agradeceu, deu algumas baforadas e lhe entregou a carta.

— Estou indo para São Paulo — disse enquanto Jurj desdobrava o papel e decifrava o que estava escrito. Atrás dele, guindastes içavam malas. Máquinas enormes que assustavam Yacub.

— Todo mundo está indo para São Paulo, *habibi* — disse Jurj, se divertindo com a carta. — Você quer encontrar esse *fulan*, Mikhail, é isso? *Yalla*. Vamos subir juntos para São Paulo?

— Subir? — perguntou Yacub. Achava que São Paulo estava logo em frente, passadas as esquinas.

Jurj se levantou, puxou Yacub pelo cotovelo e o levou até um ponto do cais em que a visão do horizonte estava desobstruída. Apontou para as montanhas que se erguiam por trás da cidade, cobertas pelas sombras de um mato verde-escuro, um imenso bloco de esmeralda fincado no chão. Yacub já o tinha visto ao chegar, mas pensou que era uma montanha atrás de tudo. O que marcava o limite do Brasil, um risco escuro e nítido num mapa. Não achou que fosse o início.

— São Paulo está do outro lado da serra — disse Jurj, desenhando um longo arco com o braço.

— Como é que a gente chega lá? Tem que subir no burro?

— Burro? — gargalhou Jurj. — Não, não. A gente pega o trem ali atrás, vê? A ferrovia inglesa. Meus primos me explicaram nas cartas. A gente pega a Inglesa, chega em São Paulo e *khalas*! Estamos com a vida feita.

Jurj começou a recolher os próprios pertences e a caminhar para a estação. Yacub permanecia imóvel. De tudo o que o assustava ali, a Serra do Mar era a visão mais tenebrosa. Como é que uma montanha pode ter tanto mato?, pensou. Como é que se chega no outro lado? Chegando, como é que se volta? Jurj esperava com impaciência; parecia atrasado para começar a nova vida.

— Anda, Yacub! — gritou, sacudindo as malas no ar com os braços. — Vamos perder o trem.

Yacub não se moveu. Tentou pensar depressa. Fechou os olhos por um instante e desejou estar no vilarejo, sentado debaixo de uma árvore. Quase se enganou. Teria se enganado, não fosse o ar salino do porto, com cheiro de ferrugem. Quando voltou a abrir os olhos, viu que Jurj tinha largado as malas. Já não gritava. Só observava Yacub como se o enxergasse pela primeira vez.

— Já vou — cedeu Yacub, e caminhou em direção ao libanês insistente. Jurj sorriu sem dizer nada.

2.

MAIS TARDE, esmagados entre os demais passageiros do trem, Yacub e Jurj cruzaram a serra. No caminho, Jurj falou um bocado. Disse que era de Beirute. Tinha começado a estudar medicina na universidade americana, mas desistiu do curso pelo Brasil.

— *An jad?* — perguntou Yacub, surpreso. Deixar os estudos para começar a vida neste país?

— *An jad* — respondeu Jurj. — Aquilo não era para mim, não. Dissecar cadáveres. Sem contar que, imagine, investir meus melhores anos naquele lugar? Não. Aqui na América é diferente. Aqui eles escrevem da esquerda para a direita, apontando para o futuro.

Jurj falava tão alto que a voz escorria até o fim do vagão. Algumas cabeças se viravam. Outros árabes, pensou Yacub. O tio Mikhail estava certo, Jurj estava certo. Estava todo o mundo ali.

— Áraque? — disse Jurj, estendendo um frasco de metal para Yacub. — Passei a travessia toda esperando por este momento. Celebrar. Você não imagina o esforço que fiz para não beber antes.

Yacub aceitou. Depois daqueles longos dias a água e pão, torcendo o nariz para a comida do refeitório do vapor, sentiu o anis descer pela garganta como um gole da terra natal. Ao devolver o frasco para Jurj, notou a cruz pendurada no pescoço dele. Quis perguntar, mas ficou quieto. Notou que Jurj tinha terminado a história. Era a vez dele de falar.

Falou do vilarejo, do trabalho na terra, da colheita de uva, das aulas do professor Habib e das discussões acaloradas na casa de Yassin. Falou até de coisas em que raramente pensava, como a vergonha de não saber ler e escrever. Só não falou de Butrus, nem do *jinni* nem do buraco de dor que tinha no peito.

— O que você veio procurar tão longe de casa? — perguntou Jurj. — Você parece gostar da Síria.

— Dinheiro. Dinheiro nascendo em árvore, dinheiro largado nas calçadas.

— Para voltar para a Síria e fazer uma casa maior do que a de todo mundo — riu Jurj com vontade.

Yacub pensou naquilo, em como seria voltar para o vilarejo com o dinheiro que colhesse no Brasil. A ideia o acalmou um pouco. Quem sabe não volto a tempo de ainda ver meus pais, comprar mais terra. Perdeu a força por um instante, se lembrando do pranto da mãe no cais.

— Já eu não vim por dinheiro, não — disse Jurj. — Vim para ficar. Tenho horror ao Líbano. — Ele sorriu. — Quero trabalhar aqui. Quero casar com uma brasileira. Virar brasileiro. Esquecer que falo árabe.

— Trabalhar com o quê? — perguntou, incomodado com quanto Jurj odiava a própria raiz.

— Trabalhar em jornal — disse Jurj, movendo os dedos no ar, escrevendo em páginas invisíveis.

Yacub olhou para Jurj, hipnotizado pela energia com que ele falava de qualquer assunto. Uma paixão transbordando pela boca, como o caldo do cordeiro borbulhando para fora da panela fervente. Algo em Jurj fazia com que Yacub se lembrasse do professor Habib, dos debates na casa de Yassin. Mas seu novo amigo, aquele libanês engraçado, era diferente dos homens do vilarejo. Era diferente dos homens que Yacub tinha conhecido em Damasco também. Tinha um frescor ao falar. Gritava no trem como se cada instante fosse dele por inteiro.

Abrindo espaço entre a multidão abarrotada no vagão, Jurj alcançou a maleta e a abriu no colo. Yacub, por curiosidade, tentou espiar o conteúdo. Viu peças de roupa tão bem dobradas que se perguntou se o libanês tinha reorganizado os pertences depois da viagem no vapor. Pensou nas próprias camisas emboladas no fundo de uma sacola suja. Jurj tirou um jornal da maleta e o segurou com a ponta dos dedos na altura do rosto de Yacub como se fosse um ícone de um santo ortodoxo.

— *Huriyyat al-Bahr* — anunciou Jurj, solene, correndo os dedos pelo título em árabe. Em seguida passou a mão pelo nome em português: *A Sereia*.

Yacub olhou para as letras impressas nas duas línguas, indecifráveis para ele. Só o título estava traduzido nas letras angulosas do português; o restante do texto caía em árabe do topo ao fundo da página. A visão lhe causava alguma vertigem. Jurj seguia falando. Explicava que o jornal tinha sido fundado havia pouco tempo em São Paulo por um libanês chamado Jibril Maluf. Que era um dos tantos jornais árabes do Brasil, que havia outras dezenas deles, um delírio.

— Meu primo trouxe este exemplar quando visitou a gente em Beirute, e desde então não consigo pensar em outra coisa. É um jornal de gente graúda, inteligente. Olha aqui, nessa página eles imprimiram um texto sobre o partido Wafd, no Egito. Nessa outra página eles falam de Nietzsche. Você sabe quem ele é, certo? Bem, não importa. Passei a viagem inteira planejando meus artigos. Até comecei a escrever alguns, veja só.

Jurj reabriu a maleta e retirou um maço de folhas soltas. Em seguida, porém, voltou a colocá-lo entre a roupa dobrada, onde deixou também o valioso exemplar do *Huriyyat al-Bahr*.

— Não importa. Outro dia eu mostro — disse, sorrindo. Pôs as mãos em cima da maleta.

Ficaram em silêncio enquanto o trem seguia. Yacub notou como as mãos de Jurj eram pequenas.

— Você conhece esse tal de Jibril Maluf? — perguntou, querendo que o libanês voltasse a falar.

— Não — respondeu Jurj. Tirou um pente do bolso do paletó, ajeitou o cabelo atrás da orelha.

— Como é que você vai trabalhar nesse jornal se você nem conhece ele? — Yacub não conseguiu conter o riso.

— Pois vou conhecer. Vou até o endereço que está impresso no jornal, bater na porta e gritar: me dê trabalho!

— Muito bem, está contratado. — Yacub engrossou a voz, fingindo ser o editor do jornal.

— *Yaatik al-afiye* — disse Jurj, levando a mão ao peito para agradecer.

Yacub notou os sons arredondados do árabe de Jurj. Um árabe diferente do dele. Quando ouvia a própria voz, lembrava-se da terra seca do vilarejo. Ouvir Jurj falar, porém, era ouvir o barulho do mar batendo nas pedras da orla de Beirute, o vento deslizando pela montanha.

O trem cruzou a serra, passando por rios que saltavam das pedras. Nos raros momentos em que o companheiro de viagem deixava de falar, Yacub aproveitava para olhar pela janela. Tentava memorizar o caminho, caso tivesse de voltar sozinho até Santos e pegar o vapor para Beirute. Calculava também a que distância ficava o porto, na eventualidade de decidir retornar a pé. Quando a gente chegar a São Paulo e se separar, pensava, não vou conseguir nem pegar o trem sozinho. Vou viver nas ruas e pedir esmola, como o meu tio Fuad depois da guerra, despido pela miséria.

Entre apitos e sacudidelas, a locomotiva por fim começou a desacelerar. O coração de Yacub, na direção inversa, acelerava. Viu a locomotiva se aproximar de uma enorme abóbada de ferro. Duas torres ladeavam a entrada. Ao fundo, uma torre ainda mais alta sustentava um relógio. Jurj cutucou seu ombro:

— *Chuf, chuf!*

Os passageiros se acotovelavam e se empurravam como se, naquele exato momento, tivessem esgotado a paciência com que haviam suportado as longas semanas de viagem desde que saíram de suas terras.

Passada a comoção, Yacub e Jurj desceram do trem e se encostaram em uma parede na plataforma para respirar, cercados de bagagens. Jurj se aproximou e, sem cerimônias, enfiou a mão no bolso de Yacub. Retirou a caixa de tabaco, enrolou dois cigarros e ofereceu um deles.

— *Al-Brazil!* — disse Jurj, abrindo os braços e respirando o ar. Parecia nunca antes ter respirado.

Yacub não conseguia ouvir o que o libanês dizia. Olhava para o cigarro de Jurj como se a bituca fosse um relógio, com a chama se aproximando dos dedos para anunciar o fim daquilo tudo. A faca que desliza pelo pescoço do cordeiro, no dia sagrado, e faz o sangue correr por debaixo da porta.

Jurj terminou de fumar e, com um delicado golpe do indicador, arremessou o resto do cigarro nos trilhos do trem. Retirou um papelzinho do bolso do paletó, olhou ao redor e calculou alguma coisa. Yacub se preparou para a despedida. Jurj sorriu, abaixou-se, pegou suas coisas e disse:

— Vamos?

— Para onde? — respondeu Yacub, confuso. Jurj sorria cada vez mais, esticando o rosto.

— *Chu*, para onde? Para o bairro dos sírios. Procurar um apartamento para a gente.

— A gente?

— *Allah yustur!* — Jurj virou os olhos, ainda rindo. — Sim, a gente. Você quer ir sozinho?

Yacub não respondeu. Viu a si mesmo largado no oceano, sozinho, lançado de um lado para outro pelas ondas salgadas. Agachou-se, reuniu os pertences e seguiu atrás de Jurj.

— Obrigado, obrigado — disse.

3.

YACUB E JURJ caminharam juntos até a rua 25 de Março. Desviando dos automóveis de metal brilhante, cruzaram avenidas largas. Yacub registrava o máximo de informação que podia. Via os bondes flutuando nos trilhos. Via os sobrados, as lâmpadas, as esquinas dobradas. Via os homens passando pela rua de paletó e chapéu, com as pontas do sapato sujas de terra, e se perguntava se as pessoas no Brasil eram mesmo de outra espécie. Queria saber quão diferentes dois homens podem ser, um vivendo na Síria e o outro ali. Talvez com o passar do tempo ele virasse outra pessoa também.

Mais adiante, quando a rua começou a se inclinar para baixo, Yacub notou um grupo de três mulheres paradas em uma intersecção, conversando de modo animado. Vestiam xales negros por cima de vestidos longos e equilibravam em cima da cabeça caixas de madeira com verduras sujas de terra. Quando passaram por elas, conseguiu ouvir parte da conversa em árabe. Falavam de pessoas que Yacub não conhecia, de coisas que não entendia, mas ele reconheceu de imediato os sons ásperos: eram sírias. Figuras familiares em um mundo desconhecido. Quis correr até elas, abraçá-las.

Dividiu o entusiasmo com Jurj, que riu e colocou a mão no ombro do companheiro.

— Bem-vindo à nova Síria.

Foi como se, com aquelas palavras, Jurj tivesse descortinado um palco oculto. Yacub passou a enxergar as encenações ao seu redor, coisas que até então tinham passado despercebidas. Viu as igrejas ortodoxas esmagadas entre os prédios. Viu também as placas com dizeres em árabe dependuradas em cima de hotéis e restaurantes, placas que não podia ler, mas que reconhecia por ter visto aqueles desenhos um tanto de outras vezes. Ouviu o grito dos atacadistas anunciando, também em árabe, o preço dos produtos. O cheiro da gordura de carneiro, tão denso, engraxava o ar.

Jurj interrompia o passo a toda hora para reler o pedaço de papel que segurava entre os dedos. Aproximou-se de um grupo de homens e pediu ajuda para encontrar o endereço que procurava. Entusiasmados, eles perguntaram de que parte do Líbano Jurj vinha, quem eram os pais dele, qual era sua religião, e então explicaram como ir até o endereço que buscava. Não estava longe. Para Yacub, tudo de repente parecia perto.

Por fim, chegaram a um prédio nos limites do bairro. Do outro lado da rua, colocaram a mão na cintura e observaram a construção de pedras escuras. O andar térreo estava tomado por um galpão de pé-direito alto. Homens de camisa aberta até a metade do peito se apoiavam em uma das colunas e fumavam com a boca murcha de cansaço. No andar de cima, quatro janelas dividiam um balcão, emolduradas por folhas entrelaçadas em alto-relevo.

Jurj pôs a mão no ombro de Yacub e lhe pediu que esperasse do lado de fora enquanto negociava o aluguel. Caminhou até uma porta lateral e desapareceu escada acima, saltando os degraus. Yacub ficou acocorado no meio-fio. Com os olhos abertos, visualizou um outro mundo, um em que tinha viajado de vapor não sozinho, mas com Butrus; um em que haviam caminhado juntos até o bairro dos sírios, alugado um quarto e planejado como enriqueceriam ali antes de voltar para casa com as sacolas cheias de dinheiro e presentes para toda a família; um em que São Paulo não era tão diferente assim de Damasco.

Se eu pensar com força, se realmente acreditar nisso, pode ser que se torne verdade, pensou. Posso ser como Khalid, o louco do vilarejo, andando pela estrada enquanto fala sozinho. Posso carregar Butrus comigo aonde quer que vá, conversar com ele como se ainda estivesse vivo. Tocar o cabelo dele, sentir o cheiro do suor dele, deitar no colo dele como se tivéssemos acabado de trabalhar no campo. Ainda que eu saiba que não é real. Se conseguir me lembrar de cada detalhe daquele rosto, se conseguir de fato enxergar a falha na sobrancelha, a cor do pescoço, se puder ouvir o som da voz dele, é possível que Butrus esteja aqui no Brasil, mesmo que não esteja. É possível que eu tenha de novo a única coisa que quero ter. Que toque o corpo dele, que é o meu corpo, como se não fôssemos dois.

Por um instante viu Butrus de pé no meio da estrada. Ou pensou ter visto Butrus. A imagem, entretanto, desapareceu. Agora, outros pensamentos turvavam a água da sua memória. A correnteza levava a aparição até ela sumir rio abaixo. Ouvia o som do sapato dos homens caminhando atrás dele na calçada de pedra. As ruas estavam abarrotadas e as pessoas passavam com a pressa de quem deveria estar em outro lugar. Ouvia a conversa das mulheres nas sacadas. Sentia o cheiro do combustível dos automóveis. Engolia a umidade do ar abafado de São Paulo. Butrus sumia entre aquelas sensações, inalcançável, tragado para o outro lado da superfície da água.

O conselho de Habib voltava a zumbir em seu ouvido: esqueça, esqueça Butrus.

Jurj reapareceu à porta do prédio com um sorriso largo. Tinha tirado o paletó e limpava o suor da testa com as costas da mão. Impaciente, chamou Yacub.

Subiram juntos dois lances de escada. Uma mulher enorme esperava diante de uma porta aberta no fim do corredor. Olhou para Yacub com uma carranca.

— Yacub, *habibi*, essa é a dona Anunciata — disse Jurj, apresentando a sisuda dona da pensão.

— *Tacharrafna* — disse Yacub.

Sem entender, ela chupou a língua e deu de ombros.

Dona Anunciata entrou no quarto sem olhar para trás. Eles a seguiram. Com as janelas fechadas, Yacub enxergou os detalhes aos poucos. Viu uma cama coberta por um lençol espandongado, como se alguém tivesse acabado de acordar. Um colchão apoiado na parede. Uma pia debaixo de armários de madeira com portas entreabertas. Uma cortina embolorada escondendo uma privada, uma ducha e uma torneira. A lâmpada no teto estava dependurada por um fio exposto.

Antes que Yacub conseguisse se decidir o que pensava daquele espaço, Jurj se adiantou. Apertou a mão de dona

Anunciata com efusividade, deixando-a visivelmente desconfortável, e disse coisas que Yacub não entendeu. Nem tinha certeza de que ela própria havia entendido. De todo modo, a italiana retirou um molho de chaves do bolso do avental e o entregou a Jurj. Com o dedo em riste, alertou o libanês a respeito de algo que parecia importante e foi embora, fechando a porta. Entusiasmado, Jurj abriu todas as janelas.

— *Min fadlak*, não diga nada — disse Jurj, erguendo a palma das mãos. — Sei que parece pouca coisa. Mas a gente não está mais na Síria, *habibi*. Aqui no Brasil se vive assim. Se vive muito pior do que isso, na verdade. Fizemos um ótimo negócio aqui.

Yacub de fato não disse nada. O quarto não o incomodava tanto assim. A bem da verdade, ele não tinha imaginado nada quando pensou na vida no Brasil. Tinha visto apenas uma ausência dolorosa. O resto passava por ele sem nem relar em sua pele.

Jurj explicou os termos do pensionato. Deviam pagar tanto em tal dia do mês e de tal maneira. Não podiam receber visitas. Jurj disse também que não se importava em dormir no colchão, se Yacub fizesse questão da cama. Disse também que, se fosse melhor, poderiam revezar a cama. Assim que recebessem algum dinheiro, comprariam outra. Trocariam também as cortinas e talvez comprassem um tapete.

— Ela disse alguma coisa antes de ir embora — observou Yacub. — O que é que ela queria?

— Não faço ideia — gargalhou Jurj, tirando a camisa e se esparramando na cama. Yacub notou que, em silêncio e sem perceber, os dois já tinham decidido quem dormiria onde.

Naquela noite, Yacub sonhou. A mãe sentada no chão num canto da cozinha, fazendo a triagem das folhas de uva. O rosto parecia mais velho. As rugas marcavam a pele, uma geografia de sofrimento. Grunhindo e levando a mão às costas, ao ponto da dor, ela seguia trabalhando sozinha. Yacub viu também o pai. Deitado na cama, desolado, esperando a morte chegar. Viu o vilarejo todo, as casas de pedra abandonadas, as ruas tomadas por ervas daninhas, um rebanho de ovelhas combalido caminhando sem pastor. Viu a cruz fincada no túmulo de Butrus, tombada pelo vento.

4.

YACUB ACORDOU com um peso invisível pressionando o peito dele. Olhando ao redor, notou que Jurj já estava de pé. Aparava os cantos da barba com uma lâmina brilhante, inspecionando a pele do rosto. Uma toalha suja cobria as costas expostas.

— *Sabah al-kheir.*

— *Sabah al-yasmin* — respondeu Jurj, alegre. — Nossas vidas começam hoje, *habibi*, e aqui.

Imaginou que Jurj tinha dito aquelas palavras para lhe inundar com o estranho otimismo com que lidava com tudo. Mas não foi esse o efeito que elas tiveram, somadas ao peso do sonho. Andando pelo quartinho, observando as malas e sacolas ainda por serem desfeitas, Yacub foi tomado por um desespero que lhe trancou a garganta. Abriu uma das janelas e procurou o sol. Calculou que o dia tinha acabado de nascer.

Paralisado pela tristeza, observou como Jurj se vestia, sem nunca parar de cantarolar. Primeiro a regata branca. Por cima dela, camisa e colete. Uma gravata sufocando o pescoço e um paletó para fazer o torso suar debaixo daquele sol. Decorou a cabeça com um chapéu e os pés com um sapato muito preto. Pôs as mãos na cintura, virou-se para Yacub.

— Que tal?
— Elegante.
Quase implorou para que ele não fosse embora.

Jurj explicou que naquela manhã iria até a redação do *Huriyyat al-Bahr* pedir um emprego. O escritório ficava a poucas quadras do quartinho que dividiam. Colocou um maço de papéis no bolso, os artigos que tinha desistido de mostrar para Yacub no vagão, saiu e fechou a porta atrás de si.

O libanês levou consigo o último véu que separava Yacub da completa solidão. Foi como se tivesse posto no bolso, junto com todos os papéis, aquela coisa muda que dava ao quartinho algum sentido. Yacub continuou imóvel por alguns instantes, depois foi à pia e lavou o rosto. Olhou para o espelho sentindo pena de si mesmo e tentou sorrir.

Nas primeiras horas do dia, organizou as sacolas. Dobrou e tornou a dobrar as roupas. Tomou um banho. Colocou o colchão embaixo da cama, alisou o lençol, pendurou a toalha úmida em uma cadeira. Passou a mão pelas superfícies e frestas dos batentes, empurrando a poeira para o chão.

Quando já não sabia mais o que arrumar no quarto, se inclinou na janela aberta e fumou três cigarros, um pegado ao outro. A rua estava lotada como na véspera. Como um rio, carregava chapéus pretos ladeira abaixo. Um homem em especial chamou a atenção de Yacub, sem nenhuma razão aparente. Caminhava pela calçada, de suspensórios, carregando um jornal na mão direita enquanto alisava o cabelo com a outra. Sumiu ao virar a esquina.

Yacub ainda esperou a volta de Jurj por algumas horas. Depois, ao se dar conta de que ele poderia ficar fora o dia todo, decidiu sair do quarto. Vestiu-se, colocou a carta do tio Mikhail no bolso e desceu as escadas. Talvez pudesse encontrá-lo naquela tarde. Dar a má notícia, sim, mas também se reconectar com alguém que era quase parte da família.

Do lado de fora, apertou os olhos para gravar o prédio na retina, como tinha visto os fotógrafos em Damasco gravarem a luz das pessoas nas placas de metal.

Assim que começou a andar pelas sombras das pensões e dos cortiços, Yacub sentiu um terror secar sua boca. Estava largado em um mundo indecifrável. Caminhava com os ombros levemente erguidos, os músculos das costas tensos e o punho cerrado.

Antes, com Jurj, Yacub pressentia que podia sobreviver. Agora, sozinho, era como se estivesse prestes a ser extinto. Seu único alento eram as vozes em árabe que lhe chegavam aos ouvidos, palavras escapadas de conversas alheias, com que Yacub fingia para si mesmo estar acompanhado. Embalado por aqueles sons familiares, observava a fachada dos arranha-céus, a eletricidade que corria nas ruas, a fumaça dos carros.

Interrompeu o passo quando chegou a um extenso terreno revirado. Homens carregavam vigas de metal. Máquinas que ele nunca tinha visto comiam a terra, empurravam pedras de um lado para outro. Voltando pela mesma rua, entrou por fim em um bar razoavelmente vazio. Sentou-se em um banquinho alto em frente ao balcão e esperou até que o garçom o atendesse — primeiro em português, em seguida em árabe.

— *Chu biddak?* — disse o homem por entre o farto bigode cuidadosamente alisado para cima.

Yacub tateou os bolsos do paletó à procura das notas de dinheiro que tinha trocado no porto. Retirou algumas delas e as estendeu para o funcionário do bar.

— O que dá para comer com esse dinheiro?

— Por tantos mil-réis — respondeu o homem com alguma gentileza, retirando uma única nota verde-escura do maço — posso trazer um prato de *mjadara*, um copo de cerveja e uma laranja.

Acenando com a cabeça, Yacub aceitou a oferta. O homem voltou com a bebida e algumas moedas. Yacub olhou as moedas, investigando as inscrições na superfície prateada. Depois, a cerveja. Bebeu devagar, sentindo o líquido amargo aliviar o calor. Observou o bar, as paredes cobertas por um azulejo branco oleoso. Uma pintura de um santo se agarrava a uma coluna no fundo do salão. Às mesas, uns poucos rapazes conversavam animados. Falavam de suas andanças pelo interior de São Paulo, dos animais na tocaia, dos bandos de salteadores, das febres; também relembravam os sírios que tinham encontrado veios de ouro embaixo da terra, os que tinham aberto indústrias, educado os filhos. O homem trouxe o prato de lentilha, arroz e cebola para Yacub. Ficou de pé diante dele, observando-o.

— Você acabou de chegar ao Brasil. — Não era uma pergunta.

— Sim — disse Yacub, descansando a colher no balcão esperando a chance de comer.

— Bem-vindo, bem-vindo. Sou Raduan, de Zahle.

Yacub agradeceu pela comida e, quando o homem finalmente se afastou, voltou ao prato. Endireitou-se no banco depois de engolir a primeira porção de *mjadara*, apoiando a colher mais uma vez no balcão. Com as magras porções que tinha trazido consigo no navio, ou a comida do refeitório, ou as pequenas refeições feitas na rua, havia se esquecido do sabor da própria terra. A memória foi lançada a um ponto tão longe do passado que ele conseguiu enxergar a avó diante do fogão, cantarolando.

Sentiu-se acompanhado, um alento.

Andando devagar para alongar as horas, Yacub fez o caminho de volta até o quartinho. Procurava alongar também o êxtase da refeição. Deixava a fumaça do cigarro descer pela garganta, aguçando os sabores.

Algumas ruas adiante, foi surpreendido por duas mãos saindo de trás de sua cabeça e lhe cobrindo os olhos. Quando conseguiu se libertar e se virou, viu Jurj gargalhando. Yacub forçou um sorriso, o coração tentando desacelerar.

— *Habibi*, desculpe — disse Jurj. — Queria surpreender você, mas não sabia que você ia se assustar.

— Está tudo bem. — Olhou ao redor à procura do cigarro. Não o encontrou.

Seguiram juntos para a pensão. Jurj caminhava com as mãos nos bolsos. Os passos dele eram largos, como se saltasse por cima de poças invisíveis. Sorria.

— Conseguiu o trabalho?

— Sim! Sim, sim, sim. Sou o mais novo secretário do louvável Jibril Maluf.

— *Mabruk!* — disse Yacub, feliz pelo libanês. — Vão publicar seus artigos?

— Não. Ainda não. Mas, *khalas*, não tem problema. Vou trabalhar assim mesmo. Vou subindo.

Jurj contou, então, da visita à redação do *Huriyyat al-Bahr*. Falou do prédio decrépito, porém elegante, com escadaria de mármore e vidros quebrados. Descreveu as poucas mesas de madeira que abarrotavam a sala, os homens de suspensório e sem paletó curvados sobre pilhas de papel. A Yacub a cena se aproximava da ideia que fazia do inferno. Jurj, porém, parecia excepcionalmente feliz, com o sorriso alcançando os extremos do rosto.

Yacub, por sua vez, contou o pouco que tinha para contar. Falou da caminhada pela 25 de Março e o encontro com o homem chamado Raduan, que tinha lhe servido *mjadara*. Mencionou ainda a construção no fim da rua. Jurj explicou que renovavam o mercado. Que quem abrisse uma lojinha por ali seria mais rico que os mercadores de Aleppo.

Caminharam um pouco mais, ainda em silêncio. Yacub voltava a afundar na tristeza sem saber muito bem por quê. Jurj flutuava naquela felicidade desmedida.

— Como é que você consegue? — perguntou Yacub.

— Consigo o quê?

— Chegar de Beirute, de vapor, e acordar como se tivesse nascido aqui.

— Não sei. — Jurj pensou um pouco. — O que eu acho é que não tenho tempo a perder.

Interromperam o passo diante da porta do prédio em que moravam. Apoiaram-se na parede ao lado da porta, observando a rua. Olharam o andar térreo por algum tempo. Pela primeira vez, Yacub se deu conta de que era um galpão de estoque. Um sujeito mal-encarado andava de um lado para outro se abanando com uma prancheta e vistoriando caixas empilhadas.

— O que faria você ter menos medo da vida, *habibi*? — Havia ternura na pergunta de Jurj.

Yacub não respondeu. Não sabia o que dizer. Nem sabia se era medo o que ele tinha.

— *Yalla, yalla* — disse Jurj, tomando Yacub pela mão e o arrastando, deixando o edifício para trás.

Jurj parou no meio da rua e apontou, triunfante, para uma pequena livraria incrustada entre dois prédios. Yacub desfez o sorriso e retesou a mandíbula. Entraram juntos, desviando das pilhas de livros. Bambas, as estantes ameaçavam desmoronar. Um senhor estava sentado no fundo da loja, a cabeça enfiada em pedaços de papel. Esmurrava uma máquina registradora.

— Veja este livrinho — disse Jurj, segurando um volume de capa verde entre os dedos curtos. — O método Hugo para aprender línguas. Foi como aprendi alemão em Beirute.

Yacub acenou com a cabeça e olhou ao redor, desviando dos olhos de Jurj. Seu nariz coçava, ardido, irritado pelo cheiro de pó que levantava daquela fartura de livros que nunca, jamais ia conseguir ler. Jurj parecia notar essa angústia.

— O livro é para mim — disse. — Mas, se você quiser, a gente estuda juntos.

— *Tayyib, tayyib* — assentiu Yacub, envergonhado, entendendo o ardil bem-intencionado de Jurj.

No caminho de volta para a pensão, Jurj folheou o livro. Reclamou de ter pagado tantos mil-réis por ele. Depois, riu. Falou que logo ia enriquecer no Brasil, que era um investimento.

— Você vai mandar dinheiro para Beirute quando enriquecer?

— *Eu?* — Jurj se fez de surpreendido. — Imagine. Vou é gastar tudo aqui. Beirute que se dane.

— Lá no vilarejo, os homens que viajam para o Brasil sempre mandam dinheiro para ajudar.

— Lá em Beirute também, *habibi*. Mas eu não quero ajudar ninguém, não.

Pela primeira vez desde que se conheceram em Santos, Jurj se calou. Yacub também não disse mais nada.

Assim que chegaram ao edifício e subiram as escadas até o quartinho, Jurj recobrou o sorriso. Tirou os sapatos e os chutou para um canto do quarto. Tirou também o paletó, a gravata, o colete, a camisa e a regata. Yacub o imaginava como uma cebola, dedos se enfiando por entre as camadas, descascando até chegar ao centro úmido e brilhante. Jurj riu alto, quis saber por que Yacub não desgrudava os olhos dele.

— *Chu?*

Yacub não respondeu, e Jurj logo esqueceu a pergunta. Sentou-se na cama e se pôs a folhear o livro, pronunciando palavras que encontrava em páginas aleatórias. Cadeira, farmácia, riacho. Agia como se em poucos minutos já fosse falar português tão bem quanto falava árabe. Concentrado, sem olhar diretamente para Yacub, pediu que sentasse na cama com ele. Yacub aceitou. Olhou para a correntinha pendendo do peito de Jurj, com um santo balançando de um lado para outro. Com uma rara felicidade, repetiu depois dele: *cadeira*, *farmácia*, *riacho*.

Pouco depois de fechar os olhos naquela noite, Yacub caiu naquele inexplicável estado entre a consciência e o sonho. Deitado, conseguia enxergar coisas que, ele sabia, não eram reais. Viu como as velas se acendiam todas ao mesmo tempo nos castiçais. As chamas cresciam em linhas verticais, transformadas em pilares vermelhos que chamuscavam o teto do quarto. Sentiu a pele queimar com um fogo invisível. Com algum esforço, abriu os olhos e gritou. Enxugou o suor com um canto do lençol. Quando o coração por fim desacelerou, Yacub conseguiu dormir. Mas dormiu com algum desgosto. Tinha esperado ver o *jinni* se materializar no sono, fazer das chamas seu corpo outra vez, para poder lhe perguntar.

5.

NOS DIAS SEGUINTES, Yacub descobriu o valor das horas vazias.

Quando Jurj deixava o quartinho de manhã, esbaforido, a caminho do jornal, Yacub escalava a cama do libanês e se espalhava pelo lençol morno. Rolava saboreando os minutos. Depois do banho, caminhava pelo quarto repetindo as palavras em português que tinha conseguido memorizar. Pôs a mesa diante da cadeira, o remédio na farmácia e o riacho na cidade. Perguntou para Jurj como os brasileiros diziam os nomes das coisas da Síria: carneiro, tâmara, oud. Jurj tampouco sabia.

A lembrança do lar só voltou a doer fundo quando Yacub encontrou a carta do tio Mikhail entre os poucos papéis que tinha trazido consigo. Olhando para as enigmáticas letras escritas, lembrou-se de que estava vivendo o sonho de outra pessoa. Segurando a cabeça, viu Butrus no leito de morte e ouviu a voz dele próprio, Yacub, prometendo ir com ele até o Brasil. Vinha adiando aquele momento, mas sabia que precisava procurar Mikhail. Talvez aquilo por fim acalmasse a tristeza que o dilacerava. Ou talvez nada a acalmasse, talvez a tristeza fosse a sua natureza, seu estado quando não chove nem faz sol.

Depois de ensaiar por algum tempo na frente do espelho, desceu as escadas e foi até o bar de Raduan. Sentou-se diante do balcão, pediu um copo de suco e esperou um pouco.

— *Ya* Raduan, queria pedir um favor.

— *Ya* Yacub, diga. *Ala rassi*. — Raduan olhava para ele enquanto enxugava um prato com um pano sujo.

Yacub lhe mostrou a carta do tio Mikhail e explicou que ele não era bem seu tio, mas que ainda assim queria descobrir onde estava. Para falar do vilarejo e das coisas que tinham mudado na Síria.

— Vai pedir trabalho para ele? — perguntou Raduan, dando um sorriso inesperado.

— Não sei — respondeu Yacub, notando que não tinha pensado naquilo. — Talvez eu peça.

Raduan inspecionou a carta mais uma vez até encontrar o endereço do tio Mikhail. Com um berro, perguntou a um cliente do bar onde ficava uma rua cujo nome soou divertido aos ouvidos de Yacub. Depois buscou um papel e riscou um caminho com a ponta da caneta, explicando o itinerário como se estivesse falando com uma criança. Disse a Yacub que Mikhail trabalhava em um armazém. Não muito longe dali, a pé.

Enquanto descia as ruas do bairro, Yacub imaginou a si mesmo como uma taturana descaindo de uma árvore, deslizando em um fio de seda. Descobria pequenas felicidades que, antes, lhe eram estranhas. Começava a conhecer São Paulo. O mato na beirada das ruas, crescendo entre os ladrilhos. O frio das ruas sombreadas pelos prédios, onde o sol nunca bate.

Depois de zanzar pelas ruas do centro, chegou ao armazém onde o tio Mikhail trabalhava. Entrou devagar, olhando atento ao redor. Buscava um homem com uma mancha queimada no rosto, o cabelo volumoso. A juba do tio, como Yassin costumava dizer antes de Mikhail desaparecer na superfície do mar, o leão do vilarejo.

Não o encontrou. Viu apenas um senhor sentado no caixa, oculto atrás de um jornal. Yacub reconheceu as letras do título, que tantas vezes tinha visto nas mãos de Jurj: *Huriyyat al-Bahr*. Aquela sereia.

Derrotado, pensou em ir embora e voltar ao quarto. A ausência do tio Mikhail lembrava a ausência de Butrus. Todo mundo já não estava mais. Antes de sair, decidiu caminhar por entre as prateleiras. Adivinhava o que eram os produtos embalados, ou os contornos das letras começavam a fazer algum sentido. Pegou um pote de azeite, um saco de farinha e um pouco de cominho para estocar no quarto na pensão. Foi ao caixa e, com a voz baixa, saudou o homem em árabe. O homem respondeu com um fortíssimo sotaque sírio.

Yacub notou uma cesta com uma pilha de esfihas ao lado do vendedor. O aroma de zaatar, ativado pelo calor da massa, grudava no interior das narinas. Salivando, pediu que o homem somasse duas esfihas à compra. O senhor disse o preço. Yacub levou a mão ao bolso, folheou as notas e sacudiu as moedas, tentando se lembrar do valor de cada uma. Impaciente, o vendedor tomou o dinheiro da mão dele e separou o valor, devolvendo o restante. Desejou-lhe um bom-dia. Yacub caminhou até a entrada do armazém, sentou-se no degrau da porta.

Enquanto comia uma das esfihas, viu uma mulher entrar na loja, colocar alguns itens embaixo do braço e se dirigir ao caixa. Falou português com o vendedor. Yacub não entendeu quase nada da conversa, mas notou que ela chamava o senhor de Abd al-Karim com uma entonação divertida. Na fala dela o nome virava outra coisa, com os sons arredondados da língua daquele país, falada sempre com alguma preguiça, saltando da boca sem bater nos dentes. Limpando os farelos do queixo, Yacub abriu um sorriso.

Levantou-se e tomou o rumo da pensão. No caminho, tentou contar quanto dinheiro ainda tinha. Estava certo de que não era muito. Sentiu um calafrio subindo do estômago à garganta. Lembrou-se da pergunta de Raduan: pediria emprego para o tio Mikhail? Seria uma maneira de rechear o bolso e, no fim do mês, pagar o aluguel. Já estava na hora de se preocupar com isso — com as questões que, no vilarejo, nem lhe ocorriam.

Havia outra ideia rondando o pensamento. Trabalhando no armazém ao lado de Mikhail, estaria mais próximo de Butrus. O mais próximo que poderia estar dele.

A caminho da pensão, passou mais uma vez pelo canteiro de obras no fim da rua. O mercado do bairro renovado, como Jurj tinha explicado. Lembrou-se dos mercados de Damasco. Das manhãs em que descia à cidade com o pai. Do pai calado, sentado no fundo da carroça, as pernas balançando ao longo do caminho de terra. Lembrou-se de quando voltava ao vilarejo, descarregava as sacolas, beijava a testa da mãe e corria para o jardim. Sentando no chão, enrolava um cigarro para si e um para Butrus e se deleitava com aquilo que tanto custava entender. Aquela vontade louca de tomar cada fio de cabelo de Butrus entre os dedos, brincar com eles, puxá-los de leve até quase machucar.

Em São Paulo, aquela coisa bonita e líquida tinha se transformado em uma versão cinzenta dela mesma.

Subiu as escadas do prédio, deixou em cima da mesa a esfiha que não tinha comido e andou até uma das janelas, abrindo-a. Enrolou um cigarro sozinho e baforou a tristeza para cima.

Olhando para a fumaça se desfazendo no ar, tentou se recordar do *jinni*. Das labaredas oníricas. Vim ao Brasil, cruzei o mar no vapor, e agora o maldito demônio me abandonou como todo o resto me abandonou, pensou. Já não vejo suas chamas nos meus sonhos, já não sei aonde ir para encontrá-lo. E quero encontrá-lo, confessou, quero olhar em seus olhos de fogo e perguntar: por quê?

6.

SENTADO À MESA, Yacub separava as notas e moedas de acordo com o tamanho, a cor e o desenho. Olhava de lado para Jurj. O libanês saltitava pelo quarto, ocupado com mil afazeres. Arrumava a cama, penteava o cabelo, organizava papéis, dava um nó na gravata, cofiava o bigode. Também olhava para Yacub de soslaio. Àquela altura, Yacub já conseguia distinguir os diferentes tipos de sorriso de Jurj, encontrando as nuances de cada um. A boca de Jurj estava sempre aberta e esticada, isso sim. Os olhos dele é que tinham versões diferentes, deixavam escapar outras intenções. Naquela manhã, as sobrancelhas estavam arqueadas, deixando a testa enrugada.

— *Ya* Yacub — disse Jurj, por fim. — O que é que você tem hoje, *habibi*?

— Nada — mentiu Yacub. Ou não mentiu. Era o vazio que às vezes o preenchia.

— *Kadhab!* Não tente me enganar, não. Você murchou de ontem para hoje.

Deixando o corpo amolecer e se dobrar até encostar as mãos nos pés, Jurj encenou a versão dele da mudança de humor de Yacub, que riu. Queria, de verdade, explicar aquela dor a Jurj.

Para que pudesse explicá-la, no entanto, precisava conhecê-la. Não sabia por qual fio começar a desfazer o novelo. Só conseguiu levar a mão à cabeça, coçar atrás do pescoço e suspirar.

— *Yalla* — disse Jurj, suspirando também, retesando o sorriso por um instante. — Vem comigo ao jornal? Há dias quero mostrar a redação para você. Vou apresentar você ao Jibril.

— Não sei — respondeu Yacub. — Acho que vou atrapalhar. Eu no jornal? Nem sei ler.

— De novo essa história de não saber ler? Você está com cocô no bigode, *ya* Yacub.

Por fim Yacub aceitou a oferta de Jurj, levantando-se para se vestir. Não se interessava particularmente pelo *Huriyyat al-Bahr*, aquela sereia que havia encantado Jurj com seu canto de nanquim. Tampouco tinha vontade de conhecer o tal Jibril Maluf, que o libanês descrevia como o grande intelectual da geração deles. O que entusiasmava Yacub naquele plano era a simples ideia de ter um desvio na rotina de seus dias. Deixar de pensar no vilarejo, em Butrus e nos sonhos dele.

Com pressa, Yacub vestiu o paletó puído. Depois de calçar os sapatos, notou que as pontas estavam sujas de terra. Tentou limpar com a palma da mão, sem sucesso. Notando o esforço de Yacub, Jurj foi até ele e se ajoelhou no chão. Lambeu o polegar e esfregou nas manchas do sapato, que sumiram aos poucos. Depois levou o dedo à boca e, distraído, o limpou também. Yacub sentiu o rosto arder e adivinhou que ruborescia. Engoliu a saliva farta.

Desceram as escadas em silêncio, alcançaram a rua.

— *Ya* Jurj, tem certeza que não vou incomodar você indo ao jornal?

— Não me irrite, Yacub — respondeu ele, rindo.

Yacub não disse mais nada. Tinha medo de fazer aquele momento vibrar e se estilhaçar depois de ter atingido um ponto tão delicioso. Jurj, por sua vez, parecia não se preocupar com coisa alguma. Apenas seguia caminhando, falando de algum pensador árabe que Yacub não conhecia.

A redação do *Huriyyat al-Bahr* estava alojada em um imponente edifício na ladeira, não muito distante do mercado em reconstrução. Imponente, mas já decadente. Yacub tentou imaginar os dias melhores, aquele prédio antes de a tinta começar a descascar. Subiram de elevador. Yacub observava, hipnotizado, a caixa de metal se movendo na vertical. Uma placa no fim do corredor anunciava a porta do escritório do jornal. Jurj leu para o amigo, estufando o peito e alongando as consoantes: "*Huriyyat al-Bahr*. A Sereia. Senhor Jibril Maluf."

O escritório era menor do que Yacub tinha imaginado. As paredes estavam cobertas por pequenos azulejos quadrados, alguns deles coloridos, dispostos de maneira irregular. Mesas de madeira se amontoavam no espaço estreito, sustentando pilhas de papéis e cinzeiros lotados de bitucas de cigarros. Ninguém ocupava as cadeiras naquele momento. Estavam todos de pé em um canto da sala, ouvindo um jovem esguio de chapéu e gravata-borboleta que ostentava o bigode mais imponente que Yacub já havia visto na vida — grosso, brilhante, levemente curvado para cima.

— Jibril Maluf — sussurrou Jurj. Em silêncio, aproximaram-se do grupo.

— Temos a obrigação, meus senhores, a *obrigação* — bradava ele, o punho em riste — de encerrar o domínio francês nas nossas terras. *Khalas!* Não queremos mais um alto-comissário, nem um baixo-comissário, nem comissário nenhum. Queremos um Líbano independente!

— Um Líbano, não — reagiu outro homem. — Queremos é uma Síria independente, *ya* Jibril.

— Uma Síria para os sírios e um Líbano para os libaneses, não é mesmo? — respondeu Jibril.

— Não. Uma Síria para todo mundo, como o senhor Saadeh escreveu — insistiu o homem.

— *Ya waqaat al-qird!* — disse Jibril, virando-se para Yacub e Jurj. — Temos visitas, senhores. Chega de política por hoje. De volta às suas mesas, e vamos ver se vocês não atrasam a edição da tarde.

Jibril se aproximou deles abrindo os braços. Apertou o tronco de Jurj. Em seguida, tomou as mãos de Yacub com entusiasmo, olhando fundo nos olhos dele.

— Este é o Yacub do qual você fala, suponho. — Jibril tateava os bolsos em busca de algo.

— Ele mesmo — disse Jurj e, enfiando a mão no bolso de Yacub, retirou o tabaco e ofereceu ao chefe.

— Veio me vender seus poemas? Um artigo contra os franceses? — perguntou Jibril a Yacub.

— Não vim oferecer nada, senhor.

— Chamei ele aqui para me ajudar, se o senhor não se importar — explicou Jurj.

— Se ele atrapalhar, o problema é seu. — Jibril flutuou para outro canto da sala.

Jurj, ficou claro, não precisava de ajuda alguma. Sentou-se à mesa e se pôs a organizar a papelada. Abriu as cartas dos leitores, separou os artigos do dia. Trabalhava com o mesmo entusiasmo com que fazia tudo mais. Yacub, por sua vez, se contentava em observar. Tentava se mexer o mínimo possível. Não queria incomodar. Não queria ser visto. Queria ser feito de água, ou de fumaça, ou ser feito de nada. Via aquela gente — que se chamavam ora de sírios, ora de libaneses, ora de árabes —, uma gente letrada, estudada. Vinham da mesma terra que ele, só que pareciam vir de outro mundo também, de um mundo em que as pessoas se preocupavam não com a colheita e sim com palavras longas.

Yacub observava, em especial, os movimentos leves de Jibril. O dono do jornal movia os braços no ar como se estivesse debaixo d'água e os pés no chão como se pisasse em cinzas. Parecia ter um apego especial a Jurj, a quem passava o dia pedindo favores. Alongava o nome dele quando o pronunciava, *Juuuurj*, e o sorriso mostrava dois dentes debaixo do bigode grosso.

Passado o meio-dia, Yacub e Jurj deixaram o escritório e caminharam até o bar de Raduan para almoçar. O local tinha virado um favorito, deles e de outros árabes. Sentaram-se ao balcão. Yacub pediu um prato de *mjadara*. Jurj, uma porção de *makdus*. Entre garfadas, falaram do debate que haviam presenciado mais cedo na redação. Com o esfarelamento do Império Otomano, disse Jurj, a gente pode decidir o que é que a gente é. Falou também de Antoun Saadeh, que havia vivido em São Paulo e voltado a Beirute, onde propunha a criação de uma nação síria em toda a região, engolindo o monte Líbano e a Palestina britânica. Yacub não entendia muito bem aquelas ideias, e se lembrava de todas as outras conversas que tinha desentendido no vilarejo. Tentou decidir se Jurj se parecia mais com o professor Habib ou com Yassin. Sem chegar a conclusão alguma, abandonou esse pensamento e se concentrou na cena de Jurj mergulhado na beringela em conserva com nozes.

Jurj insistiu em pagar a conta. Terminado o almoço, os dois se apoiaram na parede do bar de Raduan e acenderam cada qual seu cigarro. Tinham tomado o hábito de fumar Yolanda desde que Jurj notou, às gargalhadas, um anúncio no jornal: o desenho de um cachorro fumando. Yacub não entendia os escritos, não entendia nem o preço formado pela fumaça, mas se divertia com o cachorro de cabeça levantada, soprando a fumaça para cima. Pensava nisso sempre que acendiam um Yolanda, como naquele começo de tarde.

Jurj voltou ao trabalho, a uma vida que parecia feliz, a uma tarefa que ocuparia sua tarde. Yacub caminhou testando os paralelepípedos, buscando os que já estavam quase soltos. Na memória, ouvia Jibril gritar *Juuuurj* na redação, conseguindo o que precisasse dele.

Na esquina do prédio, Yacub viu um homem sentado no degrau de uma porta. Aquele mesmo homem que tinha visto alguns dias antes, da janela, carregando um jornal. Lembrou-se de como, naquela ocasião, ele caminhava de maneira decidida. Agora estava prostrado, a cabeça apoiada nas mãos. Tinha a camisa aberta e um dos suspensórios pendendo ao lado do braço. Yacub desacelerou o passo. Ouviu suspiros. O homem chorava.

Pensou em se sentar ao lado dele, perguntar-lhe o que estava acontecendo. Conhecia, afinal, o sentimento. Qualquer sentimento doído que fosse, ele o conhecia. Não sabia como resolver a ocupação francesa, nem se era árabe ou sírio — mas sabia como é que se chora, embora nem sempre soubesse o porquê.

Yacub, no entanto, não se sentou ao lado do homem. Não conseguiu conjurar do português as palavras necessárias para explicar a dor perene que o assombrava e, assim, supôs que teria pouco a dizer. Apressou o passo e virou à direita, subindo a escadaria para o quartinho.

Fechando a porta, tirou os sapatos, desabotoou a calça, afrouxou a gola da camisa e se lançou na cama de Jurj. Pensando nos minutos anteriores, não conseguiu evocar com exatidão o rosto do homem no degrau. A imagem já se esfumaçava. Em vez do desconhecido, Yacub enxergava a si mesmo com a cabeça baixa, não em São Paulo, mas no vilarejo. Com as costas apoiadas no jardim do tio Matar, molhando as mãos com as próprias lágrimas.

Tentou se lembrar de Butrus, dos dias felizes no campo, dos cochilos no meio da tarde embalados pelos passarinhos cantando nos galhos. Tampouco conseguiu reconstruir o rosto dele. As lembranças se embaralhavam. O rosto que encontrou na memória tinha a sobrancelha falha de Butrus e as orelhas pontiagudas de Jurj. O restante das feições estava apagado.

Yacub sentia toda a tristeza acumulada ao seu redor e, por um instante, quis desaparecer. Quis sonhar com o *jinni* e pedir que ele o queimasse também, como tinha queimado Butrus. Mas daquela tristeza ele via, como poucas vezes antes, um fio de felicidade se desgrudar da escuridão e brilhar. Relembrou a manhã passada no jornal e o almoço com Jurj, o bigode de Jurj brilhando, besuntado com o azeite do *makdus*. Yacub sorriu. Levou a mão aos contornos dos lábios para sentir como se esticavam, para ter certeza de que se esticavam. Tentou imaginar a si mesmo sorrindo e viu a imagem de Jurj.

Tinha a impressão de que estava traindo alguma coisa ou alguém. Tinha a impressão de que estava traindo ele mesmo, o Yacub do vilarejo, aquele que tinha sonhado com outras coisas. Não sabia ao certo como articular aquela ideia. Parecia próximo de conseguir explicá-la, e então ela fugia, por ser maior do que as outras. Mas entendia, ainda assim, que sua felicidade em São Paulo descia pela garganta como se fosse uma ofensa.

Uma deslealdade.

7.

ALGUMAS SEMANAS depois, sentado no bar de Raduan, Yacub se perguntava se algum dia iria embora de São Paulo. Algo em que nunca tinha pensado antes, não com aquela força. A ideia de não voltar ao vilarejo era estapafúrdia. Ao mesmo tempo, a perspectiva de abandonar a vida com Jurj na rua 25 de Março era insuportável. Yacub tinha se acostumado àquelas manhãs morosas, à umidade do ar, à garoa fina refrescando a pele, à ocasional chuvarada que batia na janela a ponto de quase romper o vidro.

Mais do que os automóveis, os bondes, a iluminação pública e os arranha-céus, era a chuva que o fascinava. Uma chuva alucinada que despencava no fim da tarde, martelando as superfícies e arrefecendo no instante seguinte, deixando um cheiro úmido no ar. Uma chuva grossa e viscosa que, se caísse na Síria, faria crescer de tudo, inclusive os vilarejos.

Esperava a tarde toda que Jurj voltasse da redação do *Huriyyat al-Bahr*. Ele chegava, largava as coisas na mesa, abria a camisa e bradava contra tal e tal colega que havia ofendido o povo libanês. Yacub não se importava tanto quando não entendia o que Jurj falava. Aqueles prazeres cotidianos o acalmavam. Lembrava-se deles enquanto levava a *mjadara* à boca em porções generosas, um prato do qual parecia nunca enjoar.

Erguendo o rosto, Yacub viu um homem boquiaberto do outro lado do balcão do bar. Seus olhos se encontraram e não se desviaram. Yacub quase não o reconheceu, mas de repente identificou a figura de traços leoninos que se levantava de um salto.

— Yacub? É você mesmo? *An jad?* — perguntou o homem. Ele sorria com tristeza.

— Sou eu.

— Sou o tio Mikhail. Não sei se você se lembra de mim.

Yacub se lembrava. O cabelo estava mais curto, lambido para trás numa massa cinzenta, mas ainda assim evocava a lembrança da juba gloriosa. O rosto ainda tinha a mancha que o fascinava quando pequeno. O mapa da Síria quando for finalmente livre, o professor Habib dizia, aos risos. E Yacub conseguia ver os traços retangulares de Butrus sobrepostos ao rosto do tio Mikhail, um fantasma grudado em cima dele feito uma maldição.

De pé no bar, eles se olharam constrangidos por alguns instantes. A Yacub, parecia que tinham flagrado um ao outro fazendo algo que não deviam, talvez porque o tio Mikhail não se encaixasse ali. Apesar das cartas, apesar de Yacub ter se cansado de imaginar a vida dele no Brasil, ver aquele homem ali, depois de tê-lo visto tantas vezes nos campos do vilarejo tentando adivinhar o tamanho da próxima colheita... ver aquele homem ali era ver amora nascer onde o trigo tinha sido semeado.

E Yacub nunca teria suspeitado que coubesse tanta tristeza nos olhos dele.

Escapando do feitiço do encontro inesperado, Yacub contou ao tio Mikhail que tinha chegado a São Paulo havia alguns meses. Que dividia um quarto com um libanês, um intelectual. Mentiu que estava tentando ganhar dinheiro com o propósito de voltar para o vilarejo e disse que tinha ido algumas vezes ao armazém de Abd al-Karim procurá-lo, pedir trabalho.

O tio Mikhail não reagiu às notícias com muito entusiasmo. Acenou com a cabeça, sorriu de leve e deixou escapar algumas interjeições. *Tayyib, tayyib.* Yacub tentava calcular há quantos anos eles não se viam. Também tentava se lembrar de como tinha planejado aquela conversa. Agora que tinha encontrado o tio Mikhail, tudo o que queria era perdê-lo outra vez.

O tio Mikhail gritou para dentro da cozinha do restaurante e pediu a conta. Disse que pagaria também pelo almoço de Yacub, que não teve forças para protestar. Raduan veio sorrindo.

— *Ya* Yacub, então esse é o tio Mikhail? Não me dei conta, quando li a carta. Meu freguês!

— É ele mesmo — disse Yacub, olhando para baixo.

— Que carta? — perguntou o tio Mikhail. Como Yacub não respondeu, a conversa se encerrou.

O tio Mikhail deixou algumas moedas no balcão e sugeriu que saíssem para um passeio. Perguntou onde Yacub e Jurj estavam morando. Uma boa parte do bairro para começar a vida, comentou. Disse que já tinha morado ali também. Agora estava em outra rua. Não deu detalhes. Depois de caminharem por alguns minutos, o tio Mikhail parou e apontou para um prédio do outro lado da rua, explicando que era a sede de um clube sírio. Contou que um homem vindo de Homs havia criado aquele clube havia mais de dez anos para reunir os árabes que tinham vindo nos vapores. Queria que continuassem a falar árabe, lessem poesia, se exercitassem. Que se preparassem para regressar à Síria e construir uma nova nação.

Yacub gostou da ideia. Imaginou que nos salões daquele clube, do outro lado da porta e alguns degraus acima, o professor Habib e Yassin discutiam a política do mandato francês. Não Habib e Yassin eles mesmos, mas pessoas que se pareciam com eles. Yacub também se imaginou sentado no chão, fumando narguilé e cutucando Butrus para fazê-lo rir de alguma bobagem. Lembrou-se daquilo que ainda não tinha contado para o tio Mikhail.

Em vez de cruzar a rua e entrar no clube, o tio Mikhail se sentou no meio-fio e convidou Yacub a se juntar a ele. Passaram alguns minutos em silêncio, observando os homens elegantes de paletó desaparecendo atrás da porta do edifício. O tio Mikhail só rompeu o silêncio para apontar uma senhora de cabelo branco caminhando devagar, imponente. Disse que era a viúva do criador do clube. Uma senhora distinta, de ideias firmes.

Yacub não entendia por que eles estavam vendo as coisas assim, de longe, sem tocá-las. O tio Mikhail parecia ter medo de estar perto demais daquelas pessoas brilhantes que passavam pelas portas do prédio. Aos poucos, a situação foi ficando mais clara, e o tio Mikhail por fim encerrou o mistério dizendo em voz baixa que era caro demais ser membro. Em breve, talvez, tomara, ele poderia se afiliar. Por ora, via os próceres da comunidade como quem ouve um contador de histórias.

Mas e as cartas que o senhor mandou, exagerando, falando de como no Brasil bastava enfiar a enxada no chão para desenterrar pepitas de ouro?, quis responder Yacub. Não disse nada, porque adivinhava a tristeza do tio Mikhail.

— Como está o Butrus, Yacub? — perguntou o leão de súbito, dando a entender que também tinha pressagiado o que estava por trás das tantas omissões de Yacub.

Yacub teve de retirar as palavras da garganta à força. Estavam empacadas, subindo com muita dificuldade. Contou que Butrus havia contraído cólera. Morrera em poucos dias. Agora estava enterrado no cemitério do vilarejo.

O tio Mikhail a princípio não disse nada. Levantou a cabeça e continuou a olhar para a porta do clube. Contraiu os lábios, engoliu a saliva e desabou. Chorou com tanta dor que, do outro lado da rua, as pessoas se viravam a fim de olhar para ele antes de voltar a lhe dar as costas e entrar no prédio.

— Ele devia ter vindo para São Paulo quando eu disse que viesse — conseguiu dizer o tio Mikhail.

— Ele queria vir.

— E por que não veio? Os pais envenenaram a cabeça dele, não foi isso? Pediram que ficasse lá. Que cuidasse do campo, da dona Latife? Essa mentalidade atrasada dos sírios.

— Ele queria vir — repetiu Yacub, a voz falhando.

O tio Mikhail se levantou, enxugando as lágrimas das bochechas. Visto assim de baixo, enquanto Yacub ainda estava sentado, ele parecia um gigante de contos fantásticos, uma daquelas criaturas da Antiguidade, das lendas memorizadas, capaz de arremessar uma lança em um guerreiro do outro lado do campo de batalha. Yacub se levantou também. Caminhou ao lado do tio de Butrus.

— *Ya* Yacub. Você me disse que foi ao armazém pedir serviço, não é isso?

— Sim. Mas não quero incomodar o senhor.

— *Maalech*, não é incômodo. Vou falar com o Abd al-Karim. Sempre tem o que fazer aqui.

Yacub agradeceu a gentileza e, algumas ruas adiante, despediu-se do tio Mikhail. A ideia de passar as tardes com aquele homem lhe agradava. Esperava que aquilo o ajudasse a se sentir um pouco mais perto do passado perdido. Esperava, também, que pudesse substituir o sobrinho que Mikhaïl havia perdido para o *jinni*. Que pudesse ser tão generoso quanto Butrus, que naquele instante dormia em um túmulo pobre que Yacub já não sabia quando poderia voltar a visitar.

De volta ao quartinho, Yacub viu as roupas de Jurj dobradas cuidadosamente em cima da cama. Já tinha voltado da redação. Ouviu o ruído do chuveiro e viu a sombra dele atrás da cortina do banheiro. Torceu para que terminasse logo para poder lhe contar o que tinha acontecido. Queria falar do tio Mikhail, do novo emprego. Não sabia como fazer isso sem falar de Butrus e dos dias fumando diante do poço d'água no jardim do tio Matar.

Enquanto esperava que Jurj saísse do banho, Yacub notou alguns papéis espalhados em cima da mesa. Mesmo sem saber ler, entendeu que era uma carta que Jurj tinha começado a escrever. Inacabada. Notou também um envelope com algum dinheiro. Enquanto tentava adivinhar o significado daquilo, se deu conta de Jurj parado atrás dele, nu, enxugando o cabelo com uma toalha velha. Foi um daqueles raros momentos em que o libanês não sorriu durante um tempo, apenas olhou para Yacub com intensidade. Depois voltou a ser o velho Jurj.

— Estou mandando dinheiro para casa — disse, abrindo um sorriso.

— Você tinha dito que nunca ajudaria seus pais.

Yacub começava a ver um outro lado de Jurj. Um lado oculto por trás de todas as bravatas, por trás do egoísmo de um filho que não queria enviar nada para casa, que preferia cortar os laços.

— Eu digo tantas coisas, *habibi*, que já nem sei.

Eles sorriam. Yacub queria dizer alguma coisa, rebater as provocações de Jurj, mas sabia que não pensava tão rápido quanto ele. Não venceria aquele jogo. Contentou-se em apreciar a generosidade que acabava de descobrir em Jurj. E, sem dizer nada, ficou olhando para o libanês enquanto ele erguia a calça e fechava a braguilha, enquanto abotoava uma camisa que estava quase limpa, enquanto terminava de secar o cabelo sem pressa. Jurj também sorria. O momento se prolongou a tal ponto que Yacub se esqueceu do tio Mikhail e do emprego.

Mais tarde, Yacub sonhou.

Sonhou que estava na janela do quartinho, o corpo para fora, bebendo a brisa da cidade. Via a luz elétrica correndo pelos fios, levitando os bondes. Ouvia o barulho da sola dos sapatos batendo no chão. Até notar, entre a multidão que andava diante da pensão, uma figura familiar: o *jinni*. O fogo tinha finalmente retornado à noite de Yacub. Tinha vindo com a mesma naturalidade da ave migratória que sabe onde pousar.

    Yacub esperava que, como em outros de seus sonhos, o *jinni* esfarelasse todas as coisas ao redor, devorasse o mundo com suas chamas. Mas a criatura seguia de pé, na rua, olhando para a janela do quartinho que Yacub e Jurj dividiam. Seu olhar atravessava o vidro embaçado. Se havia sumido antes, desaparecido nas curvas de São Paulo, agora estava de volta. O *jinni* quer algo de mim, pensou Yacub. Também quero algo dele.

8.

YACUB COMEÇOU a trabalhar no armazém de Abd al-Karim alguns dias depois, ajudando o tio Mikhail em pequenas tarefas. Pelo que tinha ouvido, o dono do negócio tinha se animado diante da perspectiva de contar com dois braços a mais — e jovens braços sírios, ainda por cima, como os de Yacub.

Yacub saltava cedo da cama, antes mesmo de Jurj acordar, e aos primeiros raios de sol ia correndo abrir o armazém com o tio Mikhail. Escancaravam portas e janelas, deixando que a brisa úmida de São Paulo penetrasse nas prateleiras. Yacub arrastava caixas de madeira até a calçada, exibindo os produtos do dia. O tio Mikhail caminhava de um lado para outro, inventariando e fazendo anotações na prancheta.

No início Yacub lamentou a nova rotina. Sentiu falta da delícia das manhãs, de abrir os olhos a tempo de ver Jurj se arrumar para o trabalho, de se deitar na cama que ele tinha aquecido. Enquanto esperava os primeiros fregueses do dia, ainda entorpecido pelo sono, sentava-se no degrau da entrada do armazém, fechava os olhos e imaginava que ainda estava em casa. Evocava a sensação de ser lambido pela água fria do chuveiro, de fumar no pátio.

Mas logo se acostumou àquela vida. Gostava de ver o céu da cidade queimar com uma cor rosada enquanto o bairro se enchia de gente. Os sírios acordavam cedo. Yacub já reconhecia algumas das figuras recorrentes das manhãs: as vendedoras de verduras caminhando juntas nas margens das calçadas, os anciãos conversando na entrada dos prédios, os trabalhadores tomando café no balcão dos bares. Memorizava rostos e nomes. Gostava também de ver os mascates jogando as caixas de madeira nas costas e colocando o pé na estrada, começando ali mesmo a jornada que os levaria a cantos inesperados do mundo.

Num dos primeiros dias de Yacub na função, Abd al-Karim lhe pediu que cuidasse do armazém por algumas horas. Tanto o dono quanto Mikhail precisavam buscar novos produtos em outra parte da cidade. Yacub tentou explicar que não falava quase nada de português. Nem sabia vender. Mas Abd al-Karim deu de ombros, resmungou alguma coisa e deixou a loja por conta dele. À porta, apontou para uma mancha de azeite no chão e pediu que Yacub limpasse.

Foi ajoelhado na calçada com um pano úmido na mão que Yacub viu o primeiro freguês entrar. Enxergou primeiro os sapatos pretos. Notou os furinhos na parte da frente, o laço no peito do pé e o salto quadrado na parte de trás. Arregalando os olhos, subiu pelo calcanhar exposto, pelo vestido negro que marcava uma silhueta recheada, pelos três botões fechando o decote em uma linha diagonal e, por fim, pelo lenço amarrado no pescoço grosso. A mulher sorria. O cabelo preso para trás emoldurava um rosto branquíssimo.

— *Cariño*, posso entrar? — perguntou devagar, tratando Yacub como se trata uma criatura rara.

Ele levou alguns instantes para entender, mas finalmente respondeu que sim.

Depois que Yacub ficou de pé e abriu espaço, a mulher passou por ele deixando um rastro adocicado. Ela caminhava com as mãos à altura do peito, segurando uma sacola.

O silêncio da manhã se impôs no armazém. A mulher passou pelas prateleiras, lançando olhares aos produtos empoeirados e apanhando um aqui, outro ali. Foi ao caixa, atrás do qual Yacub tinha se refugiado. Entregou-lhe algumas moedas e esperou alguns instantes. Yacub olhava o dinheiro em desespero, tentando fazer cálculos impossíveis.

— *Ay, ay, Señor* — disse ela, exasperada, inclinando-se por cima do caixa e enfiando a mão na gaveta de moedas. Retirou algumas e as entregou para si mesma. Passado um instante, devolveu uma moeda e disse, apontando para o prato coberto por um pano. — Dê uma dessas também.

Gaguejando, Yacub lhe entregou uma esfiha enrolada em um guardanapo e pediu desculpas. Nem sabia pelo que se desculpava. O português falho, o troco que não soube calcular, os gestos tortos. Quando a mulher se virou e andou até a porta, ele a seguiu e se sentou no degrau da entrada, esbaforido. Viu como ela se distanciava aos poucos.

Mas ela interrompeu o passo ao chegar à esquina, virou-se e voltou à loja sorrindo. Sem dizer nada, se sentou no degrau e desamarrou o lencinho do pescoço, colocando o tecido macio sobre o colo de Yacub.

— Me chamo Remédios — disse.

— Prazer.

— Turco?

— Não, turco, não — disse Yacub depressa, tentando esconder o desconforto. — Sírio.

— Hummm, sírio. — Ela saboreava as sílabas, misturando-as à esfiha na boca. As migalhas batiam no queixo antes de cair no chão. Yacub se deslumbrava com a cena. No calor de São Paulo, o perfume dela se misturava ao suor que impregnava o ar.

Quando terminou de comer, Remédios começou a falar. Yacub entendia algumas palavras, decifrava outras graças aos gestos dela e imaginava as demais. Soube, de alguma maneira, que Remédios tinha chegado ainda criança da Espanha. Da Andaluzia, uma terra que um dia tinha sido síria. Morava não tão perto da 25 de Março, mas gostava de caminhar até o bairro dos árabes — ela insistia em dizer turcos — porque era tudo mais barato. Aquelas viagens também a afastavam, pelo menos por um tempo, da mãe e dos planos da família de que se casasse depressa. Antes de envergonhá-los, disse Remédios, e depois gargalhou. Yacub notou como ela se abria aos poucos, mas totalmente, à maneira das flores noturnas.

Ele contou a própria história também. Pescava as poucas palavras em português que conhecia, enfileirando-as de maneiras inesperadas e inexatas. Baixava a cabeça, passava a mão no queixo, coçava o pescoço e sorria quando já não sabia o que dizer. Falou do vilarejo, de como as pedras beliscavam a sola dos pés descalços, de como perdia a respiração pensando na chuva, de como um dia uma cobra se escondeu dentro de casa e encontraram só a pele descartada, mas nunca o animal. Não tinha certeza de que Remédios entendia aquelas histórias, mas ela continuava a se abrir, exalando uma atenção inebriante. Yacub quase lhe falou de Butrus, das tardes dobrando folhas de uva, da caixinha de tabaco refletindo o último raio de sol do dia e de como uma labareda tinha se erguido do poço e queimado Butrus sem fazer fumaça. Quase lhe falou, também, de como agora tentava caminhar à noite, saltando de um sonho a outro, à caça do *jinni*.

Remédios sorriu e se levantou do degrau. Sem aviso nem cerimônias, usou o ombro de Yacub como apoio. Não parecia entusiasmada nem aborrecida com o que tinha acabado de ouvir do sírio. Só suspirava como se tivesse se lembrado de alguma coisa dolorida.

— *Muy bien, me voy.*

— Espere — disse Yacub, com uma urgência que soou descabida. — Seu lenço.

Remédios olhou para o pano esparramado no colo dele.

— Volto amanhã para buscar — respondeu com um sorriso, e desapareceu na esquina.

9.

YACUB PASSOU os dias seguintes esperando que Remédios voltasse ao armazém para recuperar o lenço. Quando dava as costas para a porta da loja, suspeitava que ela estava atrás dele, sorrindo. Mas Remédios não voltou. Talvez Yacub tivesse lhe exasperado com a questão do troco. Ou ela não houvesse gostado da esfiha. A espanhola podia ter se incomodado com as palavras gaguejadas dele, com o português carregado dos sons guturais do árabe. Foi impertinência chamá-la de volta e falar do lenço, pensou ele, lembrando-se do pescoço de Remédios, tão largo quanto o tronco de uma amoreira da Síria.

No fim da semana, enquanto levavam caixas de madeira para dentro da loja e se preparavam para trancar portas e janelas, Yacub falou ao tio Mikhail da visita de Remédios. Ele e Mikhail tinham se tornado próximos como nunca haviam sido no vilarejo. Falavam de coisas que Yacub não conseguia falar com mais ninguém. Nem com Jurj — com

Jurj às vezes Yacub media as palavras, porque não queria arriscar, não queria que ele se afastasse.

Yacub e Mikhail falavam e riam do dia em que o velho Adil derrubou o carvão do narguilé em cima do tapete, do dia em que um soldado francês tentou falar árabe com eles na estrada para Damasco e do dia em que Chuchu, o gato da dona Latife, comeu uma pratada de *manquche* enquanto ela dormia. Dias que, na memória de Yacub, brilhavam como o sol refletido numa poça d'água. Eles nunca falavam das noites, porém, das noites de fome nos anos de seca e da noite muito, muito dura que tinha descido sobre os olhos de Butrus.

— Tome cuidado com essas espanholas. — Foi o conselho que o tio Mikhail deu.

Mikhail contou, uma a uma, as histórias dos sírios que tinham descido as montanhas, cruzado os mares e se apaixonado no Brasil. Parecia ler de um compêndio memorizado, recitando causos. Falou mesmo de Michel, o filho de Adil, que tinha se casado com uma brasileira e se arrependido. Ele vivia agora no interior do Brasil, tentando juntar dinheiro para comprar um bilhete de vapor.

— *Audhu billah min al-chaytan al-rajim* — disse o tio Mikhail, para se proteger. — Essa gente não conhece os nossos costumes, *ya* Yacub. Você vai casar com essa espanhola, e depois? Vai para a igreja, vai virar cristão? Vai comer o que diabos essa gente come e esquecer a *mjadara*?

Yacub estranhou o conselho. Não tinha pensado em se casar. Não tinha pensado em nada. Tinha gostado da espanhola, do lenço em seu pescoço, de seu cheiro doce, tinha gostado dela como se gosta de uma coisa boa.

Fechou a cara para o tio Mikhail o restante do dia por ter colocado aquelas ideias na sua cabeça. A perspectiva de se casar com Remédios ou com outra mulher. Queriam que Yacub colocasse uma semente específica no solo arado, que plantasse os frutos que eles sonhavam comer. Mas Yacub tinha uma semente diferente, na palma da mão, e a vontade de ver outras árvores.

À tarde, deitado na cama de Jurj antes que ele chegasse da redação, Yacub voltou a pensar naquele futuro sugerido pelo tio Mikhail. Ele se imaginou despertando de manhã com o som da voz divertida de Remédios cantarolando uma canção antiga da terra dela. Pensou em como seria levá-la para a Síria, se a mãe ia gostar da espanhola ou se ia implicar com o jeito dela de se vestir. Remédios aceitaria viver na casa de pedra do tio Matar, que ele queria comprar com o dinheiro que estava juntando no Brasil? Ou ia preferir morar em Damasco e andar pelos mercados centrais? Ela aceitaria trocar a igreja pela mesquita, o espanhol pelo árabe?

Adormeceu imaginando aquelas possibilidades. Sonhou brevemente com o vilarejo. Viu um muro de pedra circundando todo o terreno, tão alto que era impossível de escalar. Então as pedras começaram a desmoronar em cima do povoado, esmagando as casas.

Acordou com o barulho da porta fechando atrás de Jurj. O libanês assobiava enquanto desafrouxava a gravata. Caminhava devagar, calculando cada passo, e tinha o olhar perdido.

— *Ya* Yacub, *habibi, ya nur ayuni* — disse, claramente embriagado. — Encontrei a dona Anunciata no corredor. Acho que ela disse que a gente esqueceu de pagar a pensão este mês.

— Não, a gente pagou ontem. Pus o dinheiro no envelope e você levou para ela.

— Você tem razão. Então ela falou outra coisa. Espero que não seja muito importante.

Jurj riu e caminhou até a cama. Esparramou-se ao lado de Yacub e fechou os olhos.

— Hoje é um grande dia. Jibril Maluf, o grande Jibril Maluf, me contratou para escrever para o *Huriyyat al-Bahr*! — gritou Jurj. — *Ya* Yacub, você escutou? Sou um jornalista!

— *Helu!* — disse Yacub, sorrindo tão largo quanto o libanês.

Os dois se ergueram e, sentados na cama, falaram daquela conquista. Era o primeiro fruto colhido das árvores do Brasil, que finalmente parecia ser aquela terra milagrosa descrita nas cartas do tio Mikhail. Jibril tinha lido os artigos que Jurj rascunhou no vapor e, entusiasmado, pediu que o libanês escrevesse mais. Que começasse uma coluna contra o mandato francês, achincalhando o alto-comissário e pedindo liberdade. No fim do expediente, a equipe foi para o bar de Raduan comemorar.

Emoldurado pela luz de fim de tarde que entrava pela janela, Jurj parecia um animal fantástico. O entusiasmo dele impregnava o quarto.

Yacub bebia daquela empolgação. Mas tropeçava nas partes da história em que Jurj falava de Jibril. Tropeçava na admiração com que Jurj descrevia o editor, que conhecia tantas palavras difíceis, na descrição da comemoração no bar de Raduan, nos abraços que supunha, na voz de Jibril escorrendo por debaixo de seu bigode: *Juuurj*!

Uma sombra veloz lhe cobriu os olhos. Ideias escuras sucediam umas às outras. Yacub pensava também em Butrus, no poço, em como tinha fracassado na missão de proteger aquilo que lhes era mais caro. Pensava na perda. Duas lágrimas se formaram e caíram. Jurj se calou. Olhou para Yacub com olhos brilhantes de aranha.

— *Habibi*, você está chorando?

— Estou feliz por você — disse Yacub. Era verdade e também não era. Era uma felicidade que esfaqueia. Mas não sabia explicar.

Jurj o abraçou demoradamente, forçando a cabeça de Yacub contra seu ombro. Yacub sentia o peito de Jurj pulsando debaixo da camisa. Sentia também a orelha pontiaguda encostando na dele, o bigode roçando no próprio bigode. Nesse ponto, já soluçava.

— Vem aqui — disse Jurj, fazendo com que Yacub se deitasse, abraçando-o por trás.

De olhos fechados, Yacub imaginou que estava deitado na terra úmida do vilarejo depois de uma rara chuvarada. Imaginou outros braços ao redor dele e se acalmou. Murmurou um agradecimento a Jurj e disse que já estava bem. O libanês se levantou e caminhou pelo quartinho, pensando em alguma coisa que Yacub não conseguia decifrar. Jurj estava estranhamente quieto. Foi até um dos armários da cozinha e pegou uma garrafa de áraque. Serviu em dois copos.

— Sabe o que vai acalmar você, *ya* Yacub? — disse Jurj, entregando-lhe o líquido opaco. — Uma visita ao *rendez-vous*.

— O quê?

— O *rendez-vous*. O puteiro. Onde as mulheres cuidam da gente. Fazem a gente esquecer.

Yacub não sabia se queria se esquecer. Tampouco sabia do que é que Jurj queria se esquecer. Mas a ideia não parecia tão estúpida. Estar com Jurj, cortar a noite com ele. Entregar o corpo, deixar-se esquecer. Quando pensava nas mulheres daquelas casas noturnas, sentia um calor passeando pelo corpo, eriçando os pelos. Como as mulheres de Damasco, que ele nunca pôde conhecer. As mulheres que tinha prometido para Butrus.

— Vamos — disse Yacub, antes que a sombra retornasse. Bebeu o copo de áraque de um gole só.

Jurj sorriu e voltou a abotoar a camisa. Enquanto esperava Yacub se vestir, o libanês se olhava no espelho, colocando cada mecha de cabelo no devido lugar. Sorria para a própria imagem. Ainda tinha os olhos caídos de quem, embriagado, não tem força suficiente para segurar as pálpebras. Quando chegaram à porta, Jurj se virou para Yacub.

— Você já foi ao puteiro, não é mesmo, *habibi*?

— Não — admitiu Yacub, olhando para baixo.

— Já dormiu com mulher?

— Não. — Yacub queria sumir.

Jurj sorriu com a boca e o nariz e olhou para Yacub como se tivessem acabado de se conhecer.

— Mas que maravilha — disse. — Então hoje você vai me dar a honra de cuidar de você.

Desceram as escadas em silêncio. Yacub se calava por timidez. Já Jurj parecia absorto em lembranças distantes. Passaram pela dona Anunciata, que estava do lado de fora do prédio com as mãos na cintura, olhando a rua. Ela gritou alguma coisa em italiano que nenhum dos dois entendeu, estalou a língua e subiu a escada batendo os pés. Yacub pensou em ir atrás dela, mas desistiu. Imaginava que a sereia do *Huriyyat al-Bahr* andava diante deles, cantando, seduzindo os dois rumo a uma emboscada, a uma armadilha repleta de perigos, mas também de delícias.

Na longa caminhada, ou na caminhada que pareceu longa para Yacub, Jurj voltou a falar do jornal. Agitava seu cigarro Yolanda no ar e perguntava o que Yacub achava de tais e tais ideias. Se seria melhor falar de tal ou tal forma a respeito do mandato francês. Yacub respondia com retalhos de coisas que tinha ouvido na casa de Yassin. Emendava pensamentos de outras pessoas com a esperança de que Jurj não percebesse a costura. Se percebia, não dizia nada.

Quando chegaram à rua dos prostíbulos, a noite já tinha engrossado o caldo da escuridão. Mulheres se inclinavam para fora das janelas escancaradas dos casarões antigos, provocando os homens que passavam devagar pela rua. Yacub ficou tão abobalhado que não conseguia se concentrar nos detalhes. A imaginação viajava em um barco a vapor instantâneo, chegava num segundo ao porto de Beirute e corria montanha acima e abaixo até Damasco, cruzando o vale do Beqaa. Circundava os bairros, procurava os puteiros, subia até o quarto das mulheres ao lado de Butrus.

Butrus.

Jurj colocou a mão no ombro de Yacub e começou a empurrá-lo na direção de uma porta entreaberta. Um grupo de homens estava parado em volta do batente. Yacub não sabia se era uma fila ou se eles hesitavam em entrar. Jurj disse alguma coisa em português e guiou Yacub escada acima. Os corredores cheiravam a parafina e flor de cravo. Ou era o que Yacub tinha imaginado tantas vezes quando pensava nas casas noturnas de Damasco, e agora fantasiava aquilo.

Yacub deixou que Jurj cumprisse a promessa de cuidar dele naquela noite. Eles se sentaram num sofá retalhado na sala de estar de um dos apartamentos e, rindo, o libanês se pôs a negociar com a cafetina. Yacub se perguntava se tinha sido assim que Jurj havia negociado o aluguel também, ao chegarem a São Paulo. Ele não se importava com os obstáculos da língua. Improvisava frases, inventava palavras, descrevia coisas etéreas com as mãos. Não tinha medo.

  A cafetina era uma mulher pequena de ossos tão pontudos que pareciam prestes a furar a pele. O nome dela era Ester. Falava com dureza, recusando as ofertas de Jurj. Sugava alguma coisa presa entre os dentes. Mas foi amolecendo. Aceitou o dinheiro que o libanês estendeu. Depois, sorrindo, foi até um canto da sala e serviu dois copos de uísque. Um para Jurj e o outro para ela.

  — *Habibi* — disse Jurj para Yacub. — Está tudo acertado. O quarto fica no fim deste corredor. É uma mulher judia. Eles chamam de polaca, aqui. A mais doce de toda a cidade, disse ela.

  — *Chu*, e você? — perguntou Yacub, engasgando com as palavras. — Você não vai...

  — Não vou — respondeu Jurj, suspirando. — Escuta, *habibi*, eu bebi demais. Vou esperar aqui.

  Yacub se sentiu traído, como se tivesse caído em uma armadilha.

Caminhou com passos curtos, olhando ao redor, imaginando monstros escondidos atrás das portas fechadas. O chão de madeira rangia. Mais cedo, ao passar naquele lugar, tinha imaginado corredores abafados tomados pelos gritos ensurdecedores das mulheres extasiadas. Agora só conseguia ouvir a gargalhada do libanês cobrindo a voz de Ester, o vidro dos copos batendo um no outro.

Dentro do quarto, Yacub encontrou a mulher mais branca que já tinha visto na vida, e com os cabelos mais negros também. Com os olhos baixos, ela não estava vestida. Sorria com uma felicidade que ele não entendia. A mais doce de toda São Paulo, pensou ele, vendo os pequenos seios duros que enfeitavam o torso. Mesmo de longe ele podia sentir o cheiro da pele dela.

Tropeçando nos próprios pés, ele se aproximou e se sentou na cama. Depois ficou de pé e começou a tirar a roupa. Tremia tanto que ouvia os próprios dentes baterem. A polaca esperava com paciência, trançando o dedo indicador na longa cabeleira. Yacub notou que ela era morena como a mulher com quem tinha imaginado um dia se casar. A esposa com quem dividiria sua casinha no vilarejo, em quem colocaria as sementes para gerar seus filhos. Notou também que os olhos dela tinham o formato dos de Butrus.

— *Mutaassif ktir* — desculpou-se. Vestiu-se e deixou o quarto. Ela pareceu não se importar.

Voltou à sala e esperou à porta até que Jurj se desse conta de que ele estava ali. O libanês quase não demonstrou surpresa em vê-lo tão cedo. Como a polaca, também não pareceu se importar muito, para alívio de Yacub, que estava coberto de vergonha.

Quando chegaram à rua e começaram a caminhar de volta à pensão, Jurj passou os braços por trás das costas do amigo. O calor da pele dele fez Yacub voltar a tremer.

— Isso é normal. Ninguém consegue de primeira. Nem eu consegui.

— Você? — Yacub achava que ele estava mentindo, que quisesse apenas acalmá-lo.

— A gente pensa que ninguém mais no mundo é um poço profundo. Que ninguém tem as dúvidas que a gente tem. — Jurj falava com uma seriedade atípica, apertando o braço por trás de Yacub. — Vejo você chorar de noite, cobrindo a boca com a mão. Vejo você chorar mesmo quando não está chorando. E você não vê que eu também choro.

Yacub não disse nada. Pensou nas lágrimas salgando suas entranhas e as entranhas de Jurj também. Quis lhe contar o que estava no fundo do próprio poço. Butrus e o *jinni*. Mas suspeitava que aquele não era, afinal, o fundo mais fundo. Que alguma outra coisa se escondia embaixo de tudo aquilo. Quis perguntar por que Jurj chorava, mas não encontrou forças. Em vez disso, também passou o braço por trás das costas dele.

10.

NEM YACUB nem Jurj voltaram a falar sobre aquela noite. Yacub custou a dormir e, pelos sons que ouvia da cama de Jurj, não foi o único. Todo aquele desconforto, no entanto, solidificou de alguma maneira os laços entre eles, como se o abraço na volta para casa não tivesse sido desfeito. Tinham se enxergado.

Yacub pensava nisso quando ouviu passos de sapatos de salto no armazém.

— *Ay, ay, Señor.* — Rindo, Remédios estava de pé na frente dele. — Mas ninguém trabalha aqui?

Yacub enrubesceu e gaguejou qualquer coisa antes de sorrir de volta para a espanhola. Abaixou-se atrás do caixa e encontrou o lenço que há tanto tempo esperava poder devolver. Ela aceitou o pedaço de pano sem cerimônias e o amarrou depressa no pescoço.

Remédios andou pelos corredores por algum tempo, mas não pegou nenhum produto das prateleiras. Olhava para as coisas com desinteresse. Depois, foi até o balcão, passou o dedo pela madeira, inspecionou a poeira acumulada e sorriu. Serviu-se de uma esfiha.

— Hoje fica por conta da casa? — perguntou, dando uma mordida na massa.

— Fica, sim — respondeu Yacub. Pensou em dizer algo elegante, mas não encontrou as palavras.

Como no dia em que se conheceram, os dois se sentaram no degrau da porta do armazém. Já era quase noite e o movimento rareava. Yacub notou o vestido branco que cobria o corpo robusto de Remédios, terminando num laço no colo. Os braços estavam expostos, revelando a carne queimada de sol — revelando também uma marca arroxeada e profunda. Remédios notou os olhos dele e cobriu o hematoma com uma das mãos.

Sorrindo, pediu que Yacub lhe falasse sobre o vilarejo na Síria. Ele falou das frutas de romã que a mãe abria e de como ela batia nelas com uma colher, fazendo chover sementes avermelhadas. Ele contou que, para os pais e tios que tinham vivido os anos da fome depois da guerra, cada refeição era um milagre. Ele descreveu também as árvores na estrada para Damasco que tinham se curvado aos poucos, ano após ano, pela ação do vento que descia das montanhas. Disse que a neve às vezes cobria as montanhas.

Remédios ouvia tudo com interesse. Disse que vinha de um vilarejo não muito diferente do dele. Na terra dela, chamavam romã de granada, que era o nome de uma cidade não muito distante. Os pais também tinham passado fome. Pegaram o vapor para escapar da pobreza e ter o que comer, justamente. De árvores torcidas pelo vento ela nunca tinha ouvido falar, confessou, mas tinha visto a neve cobrir Alhambra. Nunca se esqueceu daquelas montanhas embranquecidas.

— Quando minha mãe ia para o campo, eu subia até as ruínas do castelo da vila — disse Remédios. — Era ali que os meninos fumavam escondido, e eles me deixavam ficar com eles.

Yacub pensou que estava ouvindo um reflexo falar. Sorriu imaginando aquela mulher alguns anos mais jovem, sentada entre as muralhas despencadas de um forte, envolta por uma nuvem de tabaco. Na imaginação de Yacub, o rosto dela oscilava e se tornava por alguns instantes o de outra pessoa.

— Eu também fumava escondido com meus amigos na Síria — disse. — Com um amigo. Se chamava Butrus. A gente ficava sentado no jardim de uma casa abandonada e passava a tarde ali.

As palavras saíram rasgando a garganta. Yacub não concluiu a história e ela tampouco pediu mais detalhes. Ele sabia que tinha esbarrado em uma parte de si mesmo difícil de olhar nos olhos. Adivinhava que a mesma coisa acontecia com ela. Perguntou-se, em silêncio, como é que se dizia *ghurba* em espanhol — aquele sentimento de falta, de não pertencer a nada nem ninguém.

Continuaram a conversa desviando das lembranças mais envenenadas. Um pouco depois, Jurj apareceu à porta com um jornal embaixo do braço e se juntou a eles. Tinha criado o hábito de passar pelo armazém quando conseguia sair mais cedo da redação. Às vezes ajudava Yacub a fechar a loja. Às vezes se sentava numa cadeira e o observava com o canto do olho.

Yacub apresentou o libanês à espanhola. Com um sorriso enviesado, Jurj se sentou na calçada e abriu a caixa de tabaco. Começou a distribuir cigarros Yolanda.

— O que foi que eu interrompi? — disse, abaixando os suspensórios e afrouxando a gravata.

Explicaram que estavam falando dos seus povoados, das terras que tinham deixado para trás. Jurj ergueu os ombros e suspirou. Batia as cinzas no chão compulsivamente.

— Não penso nunca em Beirute. Quando penso, por descuido, preferia não ter pensado.

Yacub entendeu que a conversa a respeito da vida anterior dele e de Remédios tinha se encerrado. Olhava para Jurj tentando entender o que o mantinha acordado à noite, o que latejava por trás dos sorrisos distribuídos com generosidade. Estendeu a mão, pegou o jornal que o libanês ainda prendia embaixo do braço e o abriu diante de si.

— Jurj escreve neste jornal, *A Sereia* — disse para Remédios, que se esticou para ver.

— *Pues muy bien* — riu, passando os olhos. — Só vejo serpentes. Onde estão as palavras?

— *Ya satir, ya rab* — disse Jurj, recuperando o jornal e buscando algo entre as páginas.

O libanês encontrou, finalmente, a coluna que tinha publicado no *Huriyyat al-Bahr*. Apontou para o nome dele no pé do texto, desenhando o contorno das letras com o dedo. J, u, r, j. Explicou que tinha escrito um contundente pedido de liberdade para os árabes. Remédios parecia estranhamente interessada nas maquinações políticas dos franceses na Síria e no Líbano. Fazia perguntas que Yacub nem sequer entendia, pedia que Jurj repetisse o nome das pessoas, que lhe ensinasse a pronúncia correta. Passava os dedos pelo cabelo, arrumando o penteado. O libanês falava rápido e sem pausas. Estalava as juntas dos dedos, entusiasmado.

Os dois usavam palavras que Yacub não conhecia. Cada vez mais frustrado, ele desistiu de ouvir a conversa. Não encontrava nada que pudesse dizer, nada com que pudesse causar uma boa impressão. Sem prestar atenção nas palavras que diziam, pousava os olhos ora em Jurj, ora em Remédios, ora no ponto invisível em que os dois se encontravam no vazio. Notando que tinha passado da hora de fechar o armazém, Yacub se levantou e começou a organizar o caixa.

Dentro da loja, ainda conseguia ouvir Jurj descrevendo as crises do Levante. O volume da voz de Jurj se erguia tanto que ele chegava a desafinar, enquanto Remédios deixava escapar algumas interjeições em espanhol.

Yacub ficava satisfeito em ver Jurj e Remédios se dando bem, mas também se sentia estranhamente sozinho. Sentia, ademais, que era incapaz de tocar Jurj no mesmo ponto que Remédios tocava, onde ele era tão sensível, aquele ponto que o enfeitiçava.

Quando voltou à porta, encontrou o libanês e a espanhola de pé à espera dele. Fechou as portas e se juntou a eles. Jurj sugeriu que esticassem a conversa no bar de Raduan. Disse que pagaria a primeira rodada. Que, no caminho, mostraria as estrelas para os dois. Yacub queria ir para a pensão, queria estar sozinho com Jurj, ter a oportunidade de impressioná-lo também. Sem escapatória, foi obrigado a se entusiasmar também.

Depois de algum tempo de silêncio, Remédios retomou a conversa com Jurj:

— Se você se importa tanto com o futuro do Líbano, por que não quer voltar?

Yacub também já tinha feito aquela pergunta a si mesmo, e esperou pela resposta de Jurj.

— Eu quero voltar, sim — disse. — Mas quero voltar para um Líbano que ainda não existe.

Yacub olhou para Jurj tentando decifrá-lo. Quando é que vou ter a coragem de realmente conhecê-lo, pensou, e quando é que vou deixar que ele me conheça? Sentia que os dois vinham encenando alguma coisa, repetindo o que outros tinham dito antes deles. Sombras na parede. Queria que fossem reais.

No bar de Raduan, Yacub ouviu muito mais do que falou. Deixou que Jurj e Remédios, de natureza mais eloquente, dominassem a conversa. Os três beberam o suficiente para que o significado das palavras não importasse tanto. Beberam o suficiente, também, para de repente se calarem e, com a cabeça pesando em cima da mesa, decidirem que já era hora de voltar para casa.

Jurj apoiava o braço no ombro de Yacub enquanto andavam até o edifício. Remédios os seguia para depois continuar o trajeto sozinha. Cantarolava em espanhol, escancarando os braços para saudar as ruas vazias de São Paulo.

Inebriado, Yacub tardou a dormir. Eventualmente fechou os olhos na cama e os reabriu em outro lugar. Um galpão. Viu fileiras de máquinas de tear perfeitamente alinhadas ocupando quase todo o espaço. Bobinas rodopiavam em ritmo anestésico. Aparatos de madeira e metal se moviam sozinhos, erguendo e deixando cair longos braços infernais, fiando tecidos infinitos.

Ele se aproximou de um dos engenhos e, observando o tamanho descomunal, tocou em um cordão. Todo o restante do galpão desapareceu. Restou apenas o fio que ele segurava na mão, retesado em uma linha cujo final ele não podia divisar. Depois notou a mão de fogo que segurava a outra extremidade. Devagar, o punho puxava Yacub para perto de si, como se, sem afobação, medisse o peso da presa enganchada no anzol.

    A risada vermelha ecoava como estalos de galhos secos.

11.

YACUB ACORDOU E, olhando ao redor, viu Jurj sentado à mesa revirando seus papéis. O libanês procurava alguma coisa entre as cartas que tinha recebido de casa. Nunca tinha feito qualquer comentário a respeito das notícias vindas de Beirute, e Yacub não conseguia adivinhar o sentido das letras desenhadas no papel. Imaginava o lote de cartas embarcando no vapor e singrando os mesmos mares que os dois tinham cruzado, embaladas durante longas semanas pelo balanço do navio. Jurj olhava os papéis um por um, comparava, suspirava. Finalmente pareceu encontrar o que vinha buscando. Organizou a mesa, levantou-se e viu Yacub.

— Não sabia que já tinha acordado — disse.

Jurj contou que tinha de passar no correio antes de ir para a redação, e por isso, precisava sair mais cedo. Já estava quase de saída. Calçava o sapato enquanto falava. Yacub estava prestes a perguntar o que ele faria no correio, quais cartas precisava enviar e por que a urgência. Mas tinha a impressão de que o amigo não queria ser interrogado, e Yacub tampouco queria interrogar.

Enquanto Jurj terminava de se arrumar, Yacub se levantou e lavou o rosto. Jurj enfiou um maço de papéis na maleta, se despediu e saiu. Logo depois voltou a abrir a porta.

— Vou trabalhar até tarde hoje. Quer me encontrar no jornal e saímos para dar uma volta?

Yacub aceitou o convite. Os últimos dias tinham sido de um frescor irresistível. Ainda se lembrava da caminhada da noite anterior, cortando as ruas ao lado de Jurj e Remédios. Ainda se lembrava da rara sensação de antecipar algo de bom.

Vestiu-se para o trabalho e desceu até o armazém. Encontrou o tio Mikhail já abrindo as portas. No caixa, Abd al-Karim contava maços de notas com um sorriso. Fazia algum tempo que o dono da loja tinha se afeiçoado a Yacub. Sempre perguntava se precisava de alguma coisa — de dinheiro para o aluguel, de conselhos, de zaatar.

Ao meio-dia, Yacub sentiu uma presença e soube que era Remédios antes mesmo de se virar. Viu como ela esperava contida, os braços dobrados e as mãos entrelaçadas na altura do peito. Usava o mesmo lenço do dia em que se conheceram. Abaixo dele, vestia um tailleur com botões de cobre. Era tão bonita como as mulheres estampadas nas revistas de moda que ele via nos quiosques.

Yacub entregou o avental para Mikhail e disse que precisava fazer um intervalo para almoçar. Notou como ele media Remédios com os olhos semicerrados, avaliando. Depois de se olhar num pequeno espelho atrás do balcão, Yacub ofereceu o braço a ela e os dois saíram pelas ruas da cidade.

Remédios arrastou Yacub pelo centro de São Paulo. Disse que queria mostrar a ele um de seus pontos prediletos na cidade. Os dois esbarravam nas pessoas que abarrotavam as vias e passarelas. Yacub se envergonhava, queria pedir desculpas, mas Remédios parecia nem se dar conta.

A espanhola interrompeu o passo de supetão diante de um edifício enorme. Segurou o queixo de Yacub com a mão e tombou a cabeça dele para trás para que pudesse ver os trinta andares da construção. O cimento cor-de-rosa — importado da Suécia, explicou ela — era o que mais impressionava Yacub.

— Para mim, o impressionante mesmo são as duas mil janelas — disse Remédios, o braço esticado tentando abarcar todo o Martinelli. — As mil vidas por trás de cada um daqueles quadradinhos.

Pensamentos inesperados calaram os dois. Yacub sabia no que pensava. Pensava se todas aquelas vidas por detrás do cimento rosa eram mais felizes do que a dele, se ele estava sozinho no mundo, um único descontente, uma estrela sem luz. Já Remédios, ele não sabia o que ela pensava. Não soube perguntar.

Dando as costas para o edifício, Remédios disse que tinha trazido almoço de casa. Apontou para a sacola no ombro. Almoço para os dois. Eles se sentaram numa praça, dividindo o banco. Remédios abriu a bolsa e retirou sanduíches embrulhados em panos. Ofereceu a metade para Yacub. Ofereceu também uma banana quase podre de tão madura que ganhara de presente na feira, antes que fosse para o lixo.

Enquanto mastigava o pão, limpando os fiapos de frango entre os dentes, Yacub pensava na ideia aludida pelo tio Mikhail. De que ele pudesse se interessar por Remédios, casar-se com ela. Imaginava que a vida seria, então, aquilo. Caminhadas à hora do almoço, sanduíches tirados de um pano, um silêncio tão profundo que podia ouvir a mandíbula dela se movendo. As árvores da praça balançavam com o vento afunilado.

Yacub não sabia ao certo por que a possibilidade de casamento visitava tanto seus pensamentos. Não é que sentisse uma pulsão irresistível, como a da mariposa que precisa — precisa — voar em torno do lampião até se queimar. O casamento parecia ser o simples passo rumo a uma existência feliz, comum.

O gato que passa a manhã olhando para a toca do rato e o captura, mas nunca o devora.

Remédios se levantou, bateu os farelos do vestido e arrumou o coque. A roupa lhe cobria os braços naquele dia, mas Yacub ainda se lembrava da marca roxa. Ela pareceu se dar conta da direção do olhar dele.

— Esta aqui é porque eu disse para o meu pai que queria encontrar um trabalho aqui em São Paulo — disse, levantando a manga e apontando para um hematoma. Então abaixou o decote e mostrou duas manchas arroxeadas próximas da clavícula. — Esta é por eu ter saído de casa sem avisar, e esta é por eu ter dito que não vou me casar de jeito nenhum com o Antonio. — Ela ajeitou o vestido, escondeu o braço.

— Que Antonio?

— O Antonio de quem, se Deus quiser, você nunca vai voltar a ouvir o nome. — Remédios sorriu.

A ideia de que alguém pusesse as mãos em Remédios enfurecia Yacub. O pai pela agressão, Antonio por pensar em tocar nela de um jeito diferente. Mas Remédios não dava nenhum sinal de se importar. Já falava sobre outras coisas.

Perguntava a Yacub como ele tinha dormido. Por conta da bebida, contou, ela havia passado a noite de olhos abertos vendo o mundo rodopiar.

Eles se despediram na esquina antes de chegar ao armazém. Yacub agradeceu em silêncio pelo fato de Remédios não passar outra vez pela porta, diante dos olhos de censura do tio Mikhail.

Ficou o resto do dia sentindo o gosto do sanduíche na boca e imaginando o tal Antonio, um espanhol de pescoço firme como o dela que a abraçava e beijava.

No fim do expediente, fechou o armazém e caminhou até a sede do *Huriyyat al-Bahr*. Encontrou Jurj sentado a uma mesa, os pés em cima de uma pilha de jornais. Segurava o cinzeiro com uma das mãos e com a outra batia as cinzas do cigarro. Sorriu ao ver Yacub entrar. Com um salto, ajeitou o suspensório afrouxado e se disse pronto para sair dali. Abraçou Yacub e lhe falou de seu dia, dos eternos debates de Jibril Maluf com quem ousasse discordar dele, dos atrasos nas rotativas e de um outro repórter que não sabia soletrar a palavra "universidade" direito.

— Essa Remédios, que tal? — perguntou Jurj quando já estavam na rua.

— O que tem ela? — dissimulou Yacub.

Jurj riu. Perguntou a Yacub como tinha sido o dia dele. Yacub disse que tinham recebido outro carregamento de café, mas que Abd al-Karim reclamava tanto do preço que quase não queria vender. Alguns anos antes, o tio Mikhail contou, o governo brasileiro tinha decidido incinerar os sacos de café de tão baratos que estavam.

— Enquanto nossos avós andavam esfarrapados, pedindo dinheiro para comer — murmurou Jurj.

Yacub falou também da visita de Remédios. Quase quis não ter contado, porque imediatamente imaginou a reação de Jurj, as piadas, as provocações. Ele não disse nada, porém. Apenas sorriu. Perguntou do que era o sanduíche e se Yacub pensava que era uma receita da terra dela. Depois ficou sério.

— *Ya* Yacub. Você tinha uma mulher lá na sua Síria? Deixou ela sozinha para vir para cá?

— Não — respondeu Yacub, quase sem entender a pergunta.

— Eu também não. Ou melhor, tinha uma mulher que me deixava louco em Beirute. Mas a gente não se casou. Não deu tempo. Eu vim para o Brasil e ela se casou com um amigo meu. Soube depois.

— Sinto muito — disse Yacub, como se tivesse ouvido falar de uma desgraça irreparável. Era evidente que Jurj não via aquilo da mesma maneira. Olhou para Yacub sorrindo.

— *Chu*, por quê? — perguntou. — Está tudo bem. Estou feliz no Brasil. Já esqueci.

Yacub não quis prolongar a conversa, portanto se calou. Disse a Jurj que ainda tinham *manquche* em casa e não precisavam comprar comida. *Manquche*, azeite e o restinho do zaatar que Abd al-Karim lhe deu. Jurj disse que não conseguia pensar em nada melhor para encerrar o dia — exceto, é claro, descer a garrafa de áraque que tinha colocado em cima do armário da cozinha e rechear os copos de vidro com o leite entorpecente.

Em uma rua próxima à pensão, Jurj parou de andar e desfez o sorriso. Ficou diante de um homem sentado na calçada, o mesmo que Yacub tinha visto chorar outro dia — coisa que fazia mais uma vez, aos soluços, sozinho no meio-fio. Yacub fez um sinal com a cabeça para que o deixassem ali e fossem para casa. Jurj fechou a cara e fez um sinal para se aproximarem. Yacub cedeu.

— Ei, ei — disse Jurj, se sentando ao lado do homem. — Tudo bem com você?

— Sim — disse ele, seco, encerrando a conversa. Olhou para o outro lado.

— Me chamo Jurj. Esse é o Yacub. A gente é turco. Moramos ali na frente, vê?

O homem voltou a olhar para Jurj. Suspirou. Olhou para Yacub também, como se o medisse.

— Francisco — disse. — Moro por aqui também. Obrigado pela atenção, mas estou bem.

Jurj fingiu não ter ouvido a última parte e chegou ainda mais perto de Francisco. Com um olhar significativo, pediu que Yacub também se sentasse. Depois enrolou um cigarro para cada um, cantarolando.

— Um dia, em uma escola lá no interior do Líbano, no primeiro dia de aula, o professor pediu que cada aluno dissesse o próprio nome em voz alta — falou Jurj. — Eles foram dizendo, um por um. Muhammad, Hamid, Mahmud. Quando chegou a vez do Qassim, ele disse: Assim. Porque o povo não pronuncia o Q das palavras, sabe? Mas o professor achincalhou ele. Falou que, na escola, eles precisavam falar o árabe direitinho. O Ahmad estava sentado atrás do Qassim, e, quando chegou a vez dele, ficou apavorado. Então respirou fundo e disse seu nome: Qahmad!

Yacub, que entendeu a piada, riu sem jeito. Mas Francisco, que dificilmente teria entendido a graça da história, deu um sorriso gentil. Soltou parte do peso que carregava.

— Minha mãe está doente lá na Bahia. Ao norte daqui. Quase tão longe quanto a sua terra, turco — disse. — Ela me escreve pedindo dinheiro. Dizendo que meus irmãos sumiram. Dizendo que ela passa o dia coberta por um lençol, suando, rezando para morrer. Eu trabalho na fábrica, queimo os dedos nas máquinas, passo fome para economizar. Mas estou cansado...

A história de Francisco desmontou o sorriso de Jurj, que parecia paralisado. Yacub pensou na carta de Michel, o filho do velho Adil que queria voltar logo para casa. Pensou no tio Mikhail também, com vergonha de voltar para a Síria sem ter enriquecido. Onde estão os tesouros do Brasil, pensou, e por que é tão difícil achá-los? De toda a gente que Yacub conhecia, Jurj era o único que parecia ter começado a decifrar aquele mistério.

O libanês colocou a mão no bolso da camisa e, sem cerimônia, extraiu um maço magro de notas de mil-réis. Não as contou. Com o braço desenhando um arco, estendeu o dinheiro para Francisco. O homem virou a cabeça e recusou a oferta, mas não por muito tempo.

— Não posso me dar o luxo de ser orgulhoso — disse, aceitando o dinheiro de Jurj, que sorriu.

O libanês não respondeu. Com as mãos nos joelhos, levantou-se devagar. Yacub o imitou. Despediram-se de Francisco, que sorria vendo os mil-réis que em breve já não seriam dele também.

Jurj não falou nada pelo resto do caminho até a pensão. Nem sorriu. Yacub olhava para ele com admiração. Entendia que o sujeito que tinha conhecido no porto de Santos escondia outros tantos debaixo da pele.

Aproximando-se do prédio, Jurj recuperou o sorriso e a voz entusiasmada. A lembrança da tristeza de Francisco, sentado na calçada, evaporava. Sobrava apenas a generosidade da qual Yacub não conseguia se esquecer.

— Por que você disse para ele que a gente é turco? — perguntou a Jurj.

— Não sabia como explicar que a gente é sírio, mas eu sou libanês, e que um dia a gente foi turco, e parece que a gente é árabe também. — Já estava em cima da cadeira, esticando a mão para encontrar a garrafa de áraque. — Além disso, o que me importa ser isso ou aquilo, para um homem triste?

Yacub sonhou naquela noite. Sonhou que Butrus retornava do mundo dos mortos e batia na porta do quarto. Conversavam aos sussurros para não acordar Jurj, que seguia adormecido na cama.

Tenho tantas coisas para perguntar, pensava Yacub, mas não quero que ele se assuste e volte a desaparecer. Os contornos de Butrus estavam borrados e oscilavam como uma imagem na superfície da água. A presença dele fazia com que Yacub quase engasgasse de felicidade. Sabia de alguma maneira que aquele não era Butrus, e sim a lembrança dele, a ideia de um Butrus que tinha sobrevivido e cruzado o mar no vapor. Mas Yacub se deixava enganar. Saboreava o cheiro do cabelo dele, a textura da pele e a perspectiva de que pudessem um dia se reencontrar. O coração disparava até pulsar num ritmo insuportável.

— Foi minha culpa? — perguntou Yacub.

Então acordou.

12.

YACUB LEVOU DIAS para voltar a sorrir. Mas a cidade tinha um poder que até mesmo ele, entre um acesso de melancolia e outro, conseguia reconhecer: um poder que diluía a tristeza dos rostos e a substituía pela sensação de que o futuro seria melhor. O calor úmido das manhãs lhe azeitava os músculos e os preparava para a jornada de trabalho. Olhando para cima, vendo o topo dos edifícios apontando para as nuvens, se imaginava subindo, subindo. Assim foi sobrevivendo.

    Yacub começava a reconhecer outras coisas também, sobretudo nuances que a intimidade com Jurj lhe revelava a respeito do comportamento do libanês. Yacub enxergava, finalmente, os dias tristes escondidos por trás de tantas gargalhadas. Chegou a pensar que os dias tristes eram mais numerosos do que os felizes, agora que havia notado a existência deles. Notou, por exemplo, como Jurj ria de maneira diferente quando voltava da redação e contava que Jibril Maluf tinha decidido não publicar a coluna naquele dia. Ria diferente quando recebia ou escrevia cartas e quando falava em Beirute.

Quando Remédios apareceu no armazém naquela tarde, justo no fim do expediente, ele não se surpreendeu. Suas visitas tinham se tornado um hábito. Yacub se despediu de Abd al-Karim e do tio Mikhail e, tomando Remédios pelo braço, rindo, saiu para caminhar. Perguntou a ela como estava. Ajustando o lenço no pescoço, ela disse que os últimos dias tinham sido de pouca alegria. Teve de trabalhar limpando o chão na casa de uma família abastada para ajudar a mãe. Teve de aguentar a bebedeira do pai e os dramas das irmãs. Portas fechadas com força e louças jogadas no chão. Yacub tentou dizer que sentia muito. Ela o cortou e insistiu que estava bem. Eram coisas pequenas.

Chegaram à sede do jornal e, enquanto Remédios esperava na rua, Yacub subiu os degraus até a redação e avisou Jurj que estavam do lado de fora. Jurj tirou os olhos dos papéis por um segundo, sorriu e explicou que não demoraria muito.
    Yacub e Remédios se apoiaram na parede e, fumando, observaram a rua. Remédios propôs um jogo: que tentassem adivinhar de onde vinham as pessoas que passavam por ali. Yacub imaginou que seria uma tarefa simples. Quando começou a inspecionar os rostos que caminhavam por São Paulo, porém, ele se perdeu. Para mim todo mundo é sírio, pensou ele, para mim toda essa gente podia muito bem ter vindo do vilarejo. Disse isso para a espanhola, que riu dele. Disse que, para ela, nenhum deles tinha cara de espanhol.
    — Sabe de uma coisa, *cariño* — disse Remédios —, isso de fumar com você, de conversar com você e com o Jorge, me faz

sentir que estou no meu povoado outra vez, fumando com os meninos, escondida nas ruínas do castelo. Imagino que vou voltar para casa daqui a pouco e descobrir que minha mãe preparou *bienmesabe* para a merenda.

Yacub riu de como ela tomava Jurj por Jorge e de como o j dela era pronunciado como o kh dos árabes, arranhando o céu da boca. Ele perguntou o que era esse tal de *bienmesabe* e que gosto tinha — de amêndoas, explicou ela. Yacub também perguntou por que é que Remédios tinha de imaginar a mãe preparando *bienmesabe* na vila. Por que não imaginava que voltaria para casa agora, em São Paulo, e encontraria a mãe na cozinha? Por que precisava ser na vila?

— A minha mãe que fazia *bienmesabe* ficou na Espanha. Era a mãe que sorria, que sabia o nome de todos os passarinhos e gostava de dançar em casa. Essa é outra. É a mesma, é claro, mas é outra.

Jurj desceu as escadas e correu para a porta do prédio tão rápido que ainda segurava o chapéu na cabeça quando cumprimentou os dois. Ele falava tão alto que as pessoas paravam na rua para virar o pescoço. Yacub sentia-se invencível ao lado de Jurj e de Remédios, como uma estátua reanimada, despertando do sono de pedra para caminhar outra vez entre os mortais. Contando um ao outro sobre seu dia, sem precisarem combinar, foram caminhando para o bar de Raduan.

Escolheram se sentar ao balcão e, assim que conseguiu atrair a atenção de Raduan, Jurj pediu uma garrafa de áraque para dividir entre os três. Remédios disse que nunca tinha provado áraque. Jurj disse que era muito melhor do que qualquer coisa que ela já tinha bebido em sua terra. Não deu tempo para que Yacub dissesse alguma coisa.

— *Me cago en la puta.* — Lacrimejando, Remédios colocou o copo no balcão.

A garrafa se esvaziou muito rápido. Jurj insistiu que pedissem outra. Remédios disse que não se importava em beber mais. Mas Yacub, que já tinha perdido o fio da conversa, implorou que voltassem para casa antes que não pudessem mais caminhar.

Os três caminharam devagar pelas ruas da cidade. Yacub olhava para as luzes da iluminação pública, amuado. Olhava também para Jurj e Remédios. Os dois seguiam pela rua apoiados um no outro, trançando as pernas, chutando o chão, tropeçando em si mesmos e rindo de tudo. Àquela altura, Yacub não sabia nem do que eles riam e via cada vez menos graça no mundo.

Jurj voltou a falar em português e tentou repetir a piada que tinha contado para Francisco. Narrou a história em fragmentos. Remédios gargalhava. Rodopiava segurando a barra do vestido. Tentava pegar as orelhas de Jurj com as mãos. Dizia que ia comê-las, de tão saborosas que pareciam. *Que te como!* Eles querem tanto da vida, pensou Yacub, e eu quero tão pouco, mas tão pouco mesmo.

Remédios acompanhou Yacub e Jurj até a porta do prédio, onde se despediram.

Jurj entrou no apartamento enxugando as lágrimas que o riso tinha forçado para fora do rosto. Foi ao banheiro enquanto Yacub se espalhava na cama, inebriado.

Quando o libanês voltou à sala, já não calçava sapatos. Tinha aberto a camisa e abanava o rosto com as mãos, reclamando do calor. Suava pelo bigode. Foi até a cama e se deitou com Yacub. Um de frente para o outro. As orelhas de Jurj estavam vermelhas. O rosto de Yacub também.

— *Chu*, o que você tem? — perguntou Jurj. — O que foi que eu fiz?

— Não tenho nada. — Yacub fechou os olhos, quis desaparecer.

— Você está assim por causa da Remédios, porque está com ciúmes dela. Jurj ria. Não acusava Yacub de nada, não o censurava. Só dizia o que via, como uma criança faz.

— Não — disse Yacub. — Estou assim porque, vendo vocês dois juntos, sinto que sou pouco. Que tenho pouco a oferecer.

— *Habibi*, você é tudo. A Remédios vai ter muita sorte de ser sua mulher.

Yacub se irritou. Não com Jurj, mas com as coisas que ele não conseguia gritar. Pensava em Jibril, nas letras que o dono do jornal sabia ler e escrever. Yacub pensava também em Remédios, em sua risada fácil, em como ela extraía de Jurj aquela felicidade espontânea que fazia dançar na rua.

— Sinto que tenho tão pouco a oferecer para *você*, Jurj. Estou morto por dentro. — disse Yacub.

— Você é tudo — repetiu Jurj, entreabrindo a boca e acelerando a respiração.

Colocou uma mão por baixo da cintura de Yacub e a outra no rosto dele. Yacub sentia na pele cada um dos dedos de Jurj, sentia o edifício do próprio corpo ancorado pela primeira vez, sentia seu templo pesando sobre pilares indestrutíveis. Sentia como Jurj o puxava para perto de si. Um estranho calor preenchia o espaço entre os dois. Jurj beijou a testa de Yacub, as pálpebras, as orelhas, depois lhe abriu a camisa e lhe beijou o peito. Os lábios dele estavam molhados como a parte de dentro de um figo maduro, eram macios como a almofada debaixo da pata de um gato doméstico, e percorriam, agora, as axilas e os braços de Yacub, que se entregava às delicadezas.

— Eu disse que ia cuidar de você, *albi*, *albi* — disse Jurj, sorrindo dentro do ouvido de Yacub.

Yacub sonhou.

Estava de pé e viu Jurj dormindo no chão, aninhado no leito de folhas secas que de repente cobria o quartinho. Uma linha de formigas passava sobre ele. Um céu todo nublado aparecia através do teto ausente, cinza até a sua última parte. Yacub olhava fixo o poço d'água que tinha surgido onde antes estava a cama.

Com o rolar dos grãos do tempo, um *jinni* se materializou em cima da boca do poço, fazendo das chamas um corpo sólido. Yacub sentia o calor dos membros incendiários.

— O que você quer? — perguntou o *jinni*, com o som que a água faz quando começa a ferver.

Yacub não respondeu. O *jinni* abriu os braços e voltou a ser chama. Arrastou-se pelo chão até Jurj, que ainda dormia. Queimou primeiro as folhas secas e depois o corpo dele. Hipnotizado, Yacub não conseguiu desviar o olhar. Viu Jurj se desfazer em uma pilha de cinzas. O cheiro de pele incinerada flutuava pelo quarto, anuviando sua visão.

13.

YACUB ACORDOU no abraço de Jurj. O aperto forte fez com que parasse de gritar.

— Está tudo bem — disse ele, espaçando as palavras. — Está tudo bem, você já acordou.

Yacub esperou a respiração desacelerar. Jurj afrouxou o abraço. Os dois se levantaram e se sentaram na cama, esfregando os olhos. A luz da manhã já entrava no quartinho, que tinha um cheiro doce de suor.

Eles a princípio não disseram nada. Jurj olhava para Yacub, os olhos pesados. Yacub pensava insistentemente no sonho. Tantas vezes tinha acreditado que estava perseguindo o *jinni* em São Paulo, que tinha conseguido chegar perto dele, que poderia aprisioná-lo e obrigá-lo a prestar contas por ter levado Butrus embora. Os últimos sonhos, porém, lhe davam outra impressão: a de que Yacub era a caça. De que tinha sido trapaceado.

— Tive um sonho horrível — disse Yacub, a voz rachando. — Um sonho realmente horrível.

— Venha aqui. — Jurj ofereceu o colo. Contou que sua mãe dizia, no Líbano, que quando alguém passa a mão na cabeça ao acordar ela esquece o que sonhou. Yacub seguiu o conselho, mas não se esqueceu.

Quando mais tarde finalmente deixou de pensar na criatura de fogo, Yacub se lembrou de outro incômodo pendente. Coisas que teria de negociar consigo mesmo quando encontrasse o vocabulário para descrevê-las.

 Jurj se levantou da cama e, depois de vestir as ceroulas largadas no chão, caminhou para a mesa e se sentou diante de um pedaço de papel. Enquanto isso, Yacub se lavou devagar, agradecendo à sorte de não ter de trabalhar naquela manhã. Deixou a água escorrer pelo corpo, de repente sensível. Ficou arrepiado com a sensação das gotas descendo pela pele, abrindo caminhos entre os pelos. Gostou do calor deixado pela mão ao esfregar o sabão sob a nuca, na raiz do cabelo.

 De volta à sala, encontrou Jurj sentado. Tinha virado a cadeira em direção ao banheiro e parecia esperar. Yacub se vestiu depressa.

 — *Chu*, Jurj?

 Jurj não respondeu de imediato. Yacub prendeu a respiração, apavorado com as possibilidades que se abriam diante de si, com os caminhos se bifurcando como se diante de um abismo, todos levando à mesma queda. Mas Jurj sorria um daqueles sorrisos doces, dos que não escondiam nada por trás dos dentes. Cofiava o bigode. De modo inesperado, parecia não saber o que dizer.

 — Você ontem me disse que está morto. Quer me dizer o que morreu?

— Não — disse Yacub, sentando-se no chão diante da cadeira de Jurj.

— Yacub, por que você deixou a Síria? Não me diga que foi por dinheiro. Eu não acredito.

— Vim para o Brasil porque doía demais ficar sozinho na Síria. — disse Yacub e se calou.

Jurj apertou os lábios e se calou também. Correu a ponta do dedo indicador pelo braço, devagar, pensando em alguma coisa. Quando as mãos se encontraram, ele as entrelaçou.

— Eu tenho um irmão chamado Haytham. É mais alto do que eu, apesar de ser alguns anos mais jovem. Um homem sério que nem você, Yacub, desses que nunca sorriem. Tem uma constelação de pintas no rosto, de uma bochecha à outra, passando por cima do nariz. A gente costumava dizer, quando era criança, que o Haytham refletia o céu estrelado da noite em que nasceu.

Jurj arfava. Contou que a família tinha uma propriedade montanha acima, perto de Beirute. Um dia, Haytham foi ao pomar e encontrou um funcionário da administração francesa ao pé das macieiras com uma mulher. Tinham colhido algumas frutas e agiam como se estivessem em casa. Furioso, Haytham reclamou. O francês se levantou e eles discutiram. O irmão de Jurj empurrou o homem, foi empurrado de volta e caiu no chão. Quebrou o braço. O francês foi embora da propriedade levando a mulher, que ria de Haytham.

Jurj contou como Haytham voltou a Beirute com o braço amarrado ao corpo, com os olhos úmidos. Tardou em contar o que tinha acontecido no pomar. Jurj implorou aos pais que fossem à corte, que reclamassem ao mandato. Que lutassem pela dignidade que vem com a terra, escrita em tinta invisível no documento de posse. Os pais disseram que não valia a pena. Que não conseguiriam ganhar. Que Haytham deveria ter deixado eles comerem as frutas. Quantas maçãs duas pessoas conseguem comer numa tarde, perguntou o pai, seria um prejuízo maior do que um braço quebrado? Como é que Haytham trabalharia no campo agora, com um braço só?, perguntou ele.

Enquanto ouvia a história de Jurj, Yacub pensava no vilarejo em que tinha crescido. Em como os pais teriam reagido se ele tivesse voltado com o braço estraçalhado depois de tentar defender sua terra. Não tinha ideia do que aconteceria. Era difícil de imaginar, talvez porque o mandato não tinha estendido as garras tão longe, não tinha virado os olhos mesquinhos para aquele pobre povoado.

Jurj, ao que parece, era feito de um material ainda mais inflamável que o irmão, desse tipo de madeira que queima já na primeira fagulha. Levantando-se da cadeira e gesticulando com força, contou que não conseguia olhar para Haytham sem sentir o sangue fervendo nas veias. Apontava para a pilha de livros no chão do quarto, tomos escritos por nacionalistas que há anos insistiam na necessidade de os árabes terem orgulho da terra, de defenderem a terra contra os franceses como a tinham defendido contra os turcos. Haytham pedia calma.

— *Wallahi*, Yacub, juro que não queria ter feito — lamentou Jurj, e quase não precisou continuar. — Fui sozinho até o pomar. Todos os dias. Naquela mesma semana, o francês voltou. A mulher dele ria embaixo das nossas árvores, com o cabelo solto, caindo nos ombros. Se você a visse pensaria que ela estava não sei onde, em Paris, em Marselha. Não no nosso Líbano. Não.

Jurj se agachou diante de Yacub, apoiado nos calcanhares. Disse que foi até o francês e explicou, na língua dos invasores, que aquela era uma propriedade privada. Que deixasse de comer as maçãs dos outros. Que iria à justiça pedir reparação. O homem levantou os olhos e sorriu. Continuou sentado e disse que não tinha entendido. Jurj repetiu o que havia dito e a mulher riu de como ele falava a palavra maçã. "*Pommmmmme*", debochou ela, esticando a letra M.

— *Astaghfiru Allah* — disse Jurj, fechando os olhos e desabando no chão. — Chutei a cabeça dele, Yacub. Depois chutei a barriga dele até a minha perna doer. A francesa gritava, me chamava de selvagem. Achei até bom. Selvagem, sim, mas selvagem na minha terra, pensei.

Yacub abraçou Jurj, que se desvencilhou, se levantou e passou a andar pelo quartinho. Ficou calado por algum tempo. De repente, como se não tivesse interrompido a história, recomeçou a narrar. Disse — omitindo uma parte importante, mas nada difícil de imaginar — que se escondeu na igreja por alguns dias. A família soube, por amigos que trabalhavam na administração francesa como burocratas, que o mandato queria prender Jurj. Apelaram. Explicaram que o francês tinha invadido o pomar, que tinha quebrado o braço de Haytham, que tinha provocado Jurj. Ainda assim, a detenção de Jurj era inescapável.

— Meus pais compraram um bilhete de vapor para mim e imploraram que eu fosse embora, para o Brasil. Que me distraísse por aqui, fizesse fortuna e voltasse para casa quando as coisas tivessem se acalmado. Afinal, tinham me pedido que não fizesse nada e mesmo assim eu fiz — disse, suspirando e balançando a cabeça. — Não foram até o porto se despedir de mim. Só o Haytham, com o braço enfaixado, os olhos mansos. Me agradeceu de cabeça baixa. Disse para eu voltar logo.

    Jurj contou como, logo depois de chegar a São Paulo, começou a receber cartas da família. Soube que o pai tinha adoecido. Mandou o dinheiro que pôde pelo correio, porque tinha desistido de se vingar. Mas nunca voltaria ao Líbano, nunca, nunca. Não para aquele Líbano francês, pelo menos.

Yacub demorou a entender que a história tinha acabado. Ao menos a porção que Jurj estava disposto a contar. Sentiu que Jurj tinha suado algumas tristezas. Estava encharcado. Parecia mais magro, menos feliz. Soube também que tinha, sem perceber, feito um acordo tácito com ele. Jurj lhe havia exposto a parte de dentro de sua ferida, onde o vento não soprava. Esperava, em retorno, que Yacub também mostrasse sua ferida.

Yacub contou pela primeira vez, inclusive para ele próprio, a história em termos inequívocos. Disse que tinha crescido com Butrus no vilarejo e que amá-lo era ter amor-próprio. Disse que um dia eles se tocaram no jardim do tio Matar, que o mundo pareceu por fim bonito, até que uma labareda levou Butrus para o outro lado do véu. Disse que acreditava na sua culpa, que poderia ter evitado a morte de Butrus e que estava comprometido a duas reparações. A primeira, a viagem ao Brasil, para realizar o sonho que roubara de

Butrus. A segunda, a caça ao *jinni*, saltando de um sonho a outro, até encontrá-lo.

— E depois o quê? — perguntou Jurj.

— Encontrá-lo e fazer com que ele me diga que matou Butrus, e por quê, e me devolva o que levou.

Jurj suspirou e ensaiou dizer algo. Não disse. Começou a sorrir, pouco a pouco.

— *Khalas*, você está rindo de mim porque eu acredito nos *jinn* — disse Yacub, tapando os olhos e querendo sumir.

— Não, *habibi* — respondeu Jurj, aproximando-se de Yacub. — Estou sorrindo porque estou começando a entender você.

14.

YACUB NÃO SE surpreendeu quando sonhou naquela noite. Viu uma carroça puxada por quatro bois de chifres de fogo levando o *jinni* por uma estrada de terra. A criatura aparecia nítida nas pálpebras de Yacub como se tivesse sido convocada pela história narrada. Como se as palavras ditas durante o dia tivessem lhe dado mais consistência. O carro de boi rangia pelas curvas do caminho ladeado por matagais. Yacub ouvia o som de um rio escoando, mas não conseguia vê-lo. O *jinni* guiava a carroça ladeira acima. Passava por plantações e igrejinhas erguidas onde os caminhos se cruzavam naquela imensidão verde-escura. Os cascos dos bois e as rodas do carro erguiam um rastro de poeira na estrada. A criatura queimava o ar.

— Se você conseguir me encontrar, vou responder às perguntas que tanto quer me fazer — sussurrava.

Antes de despertar, Yacub notou como o sol se punha por cima do ombro esquerdo do *jinni*, alongando a sombra cruel. Ele está viajando para o norte, pensou Yacub. Está viajando para o norte.

15.

A PRIMEIRA COISA que Yacub percebeu ao acordar foi o gosto de terra na boca. A língua dele estava seca. Depois, viu o suor que tinha encharcado o travesseiro e o colchão. Jurj estava sentado na cama, olhando para ele e balançando a cabeça de um lado para outro.

Jurj disse que Yacub tinha gritado a noite toda. De novo. Disse que ele ficou se debatendo no colchão, encadeando palavras incompreensíveis. Disse também que, quanto mais pensava naquela história de *jinni* e labaredas, mais se preocupava.

— Você sonhou mais uma vez com o *jinni*, não é? O que acontecia no sonho?

— Já não vejo o *jinni* na Síria nem aqui em São Paulo. Vejo ele no campo. Em estradas de chão batido em que não há prédio alto nem automóvel — disse Yacub. — Caço ele nos meus sonhos. Ele foge. Agora finalmente vejo a direção que ele está tomando.

Jurj ficou de pé e colocou a mão no ombro de Yacub. A mão que Yacub tantas vezes pensou que era pequena demais.

— Queria saber o que tudo isso significa, Yacub, e queria saber como posso fazer isso parar.

— Você realmente acredita em mim? — perguntou Yacub. — Você acredita que existe um *jinni*?

Jurj não respondeu. Era evidente que pesava com cuidado a resposta. Yacub entendeu, ao notar o silêncio de início prolongado e em seguida definitivo, que ele não sabia o que dizer. Ficou decepcionado por um instante. Depois se deu conta daquilo que estava pedindo. Estava pedindo que Jurj acreditasse em uma criatura de fogo saída de um poço d'água, uma criatura que fazia aparições em sonhos.

Como pareciam ter chegado ao fim de uma linha, ficaram quietos. Jurj entrou debaixo do chuveiro e Yacub enrolou um cigarro para fumar na janela, observando o movimento da rua.

Sentia uma tristeza líquida preencher seu corpo, começando pela ponta dos pés e subindo pelas pernas e pelo tronco, inundando órgãos e tecidos. Sabia quando tinha se sentido assim pela última vez. Fechava os olhos e imaginava que ainda estava no vilarejo. Que, quando os abrisse, se daria conta de que tinha adormecido no colo de Butrus. Toda aquela história de Brasil desapareceria como a fumaça do tabaco. Uma nuvem cinza sumindo em espiral sob as árvores do jardim do tio Matar. Assim como sumiriam o sorriso de Jurj e Jurj inteiro. Ele pertenceria à massa de coisas inexistentes em que Yacub um dia tinha pensado.

Despertou com o contato quente da mão de Jurj no ombro. Ele tinha vestido a calça, mas continuava sem camisa. O sol fazia as gotículas de água brilharem em seu peito, suspensas nos fios indomáveis de pelo negro. Yacub olhava sem pudor.

— Yacub. — Jurj usou a voz baixa e grave das raras vezes em que falava sério. — Não sei como dizer essas coisas. Acho que você também não sabe. Nem como dizer nem como ouvir. Mas não quero que você vá atrás desse sonho, desse *jinni*. Quero que você fique aqui comigo. Onde eu posso proteger você. Onde consigo velar o seu sono.

Yacub não respondeu — sorriu sua ferida. Já tinha tido aquela mesma conversa, mas em outra versão, em outro papel, e sabia quanta dor se escondia por trás das palavras. Abraçou Jurj, colocando a cabeça no ombro dele. Deixou que passasse a mão por seu cabelo e suas costas. Sentiu como a camisa absorvia a umidade triste do peito de Jurj.

Desfazendo o abraço, fumaram um cigarro sem dizer nada, olhando pela janela para lugar nenhum. Yacub se lembrava do que sua mãe dizia sobre sonhos. Que havia o tipo de sonho que é profético, que revela as coisas escondidas debaixo das pedras. Havia também, dizia ela, o tipo de sonho de uma mente confusa. Por fim, os infernais, os sonhos inspirados por Satã para enganar as pessoas, os sonhos que levam a gente para um canto escuro do mundo para nos abocanhar.

Não tinha certeza de que tipo eram os seus sonhos. Mas não conseguia se esquecer da imagem do *jinni* desaparecendo em uma estrada de terra, no norte de São Paulo.

Jurj e Yacub decidiram que nenhum dos dois trabalharia naquele dia. Prepararam um bule de café e beberam sentados à mesa. Conversaram pouco. Yacub tomou uma ducha e se vestiu. Saíram do prédio e caminharam devagar pela cidade. Yacub comparava as construções de São Paulo com as de Damasco. Jurj falava de Beirute.

— Yacub, você acha mesmo que vai voltar um dia para a Síria, para o vilarejo?

— A cada dia que passo aqui, sinto que a Síria fica mais distante de mim.

Jurj sorriu, todo orelhas de abano. Levantou a mão para pedir que Yacub interrompesse o passo. Entrou em um armazém e voltou com duas esfihas, uma em cada mão. Deu uma para Yacub.

— O Líbano já está em um lugar inalcançável para mim — disse Jurj. — Como se o vapor tivesse cruzado o tempo, e não o espaço, e eu agora vivesse em um futuro do qual não se volta jamais.

Chegando a uma praça, os dois se sentaram em um banco. As folhas de uma palmeira escondiam o sol. Duas mulheres passaram por eles carregando cestas de verduras, sussurrando em árabe. Um homem passou também, arrastando uma carroça apoiada nos ombros magros. Uma brisa lenta trazia um cheiro doce de fruta madura.

O sonho veio veloz naquela noite. Uma imagem simples. Uma brisa quente mordendo o rosto de Yacub, um sussurro ao pé do ouvido, um arrepio passageiro.

16.

YACUB DESPERTOU e viu que Jurj ainda dormia. As pernas dos dois estavam entrelaçadas embaixo do lençol, suadas.

    Sentou-se na cama sem conseguir respirar. Se eu não sonhar mais com ele, vou ter perdido seu rastro, pensava. Se perder o rastro dele, perco Butrus também. Me perco.

Jurj acordou em seguida. Beijou o pescoço de Yacub e passou a mão no peito dele. Notando como Yacub não reagia, ele se endireitou e se calou.

    — Você vai embora, não é? — perguntou. — Vai atrás do *jinni*?

    — Vou. — Yacub quase engasgou com a única palavra que pôde formar na garganta.

    — Mas você vai voltar para o nosso quartinho, não vai? Vai voltar para mim?

    — Vou — repetiu Yacub, colocando a mão no ombro de Jurj.

    Jurj sorriu o sorriso mais triste que tinha e entrelaçou o dedo na cruz pendurada no pescoço.

Yacub encontrou o tio Mikhail de cara amarrada no armazém. Quis saber por que ele não tinha ido trabalhar na véspera, ao que Yacub explicou que não se sentira bem.

Yacub disse também, como se isso fosse parte do motivo pelo qual não se sentira bem, que tinha se cansado de São Paulo, da vida na cidade, de caminhar no asfalto, da agitação e dos prédios altos. Que tinha decidido passar algum tempo no interior do estado, como outros patrícios.

O tio Mikhail coçava o queixo enquanto ouvia Yacub falar.

— É aquela espanhola, não é? Você se meteu com rabo de saia e agora precisa fugir?

Ele não respondeu. Não disse nem que sim nem que não. Ficou surpreso que aquela fosse uma possibilidade para o tio Mikhail. Preferiu não desiludi-lo.

O tio foi ao depósito do armazém, onde desapareceu por longos minutos. Yacub fantasiou que ele voltaria com uma espingarda para forçá-lo a ficar ali, a trabalhar com ele, a morrer em São Paulo. Parte dele torcia para que aquele cenário se concretizasse, para que algo o prendesse naquela cidade, o convencesse de não seguir o rastro de fogo.

O tio Mikhail voltou não com uma arma, mas com um caixote de madeira um pouco estropiado.

— As alças estão frouxas, mas posso arrumar isso para você — disse, assoprando a poeira.

O tio Mikhail explicou que aquela era a caixa de mascate com que andara por São Paulo vendendo de tudo. Tinha sido de outro caixeiro-viajante, um dos que haviam decidido voltar para a Síria. Era boa, não machucava tanto as costas, disse. Cabia bastante coisa.

— *Yaatik al-afiye* — disse Yacub. — Você não precisa mais dela? Tem certeza de que posso usar?

— Não coloco essa caixa no ombro outra vez nem se o Messias me pedir — respondeu o tio Mikhail, suspirando. — Só espero que traga mais sorte para você do que trouxe para mim.

O tio Mikhail também lhe deu um estranho instrumento que, explicou, os brasileiros chamavam de matraca. Mostrou como se segurava pelo cabo, movendo a tábua de madeira até que estalasse como um pica-pau bicando o tronco de uma árvore. Se Yacub pegasse bem o jeito do movimento do punho, conseguiria criar um som contínuo, avisando a freguesia dos povoados que estava chegando. Quanto mais longe de São Paulo ele estivesse, o tio Mikhail avisou, mais a matraca atrairia os brasileiros. Era um irresistível feitiço de madeira. Disse que, longe dos portos e dos trilhos do trem, as pessoas passavam a vida esperando o caixeiro-viajante aparecer no horizonte.

As histórias assustavam Yacub, mas também o entusiasmavam de uma maneira que não entendia bem. Colocou a matraca dentro da caixa e a arrastou até um canto do armazém. Foi só então que viu como Abd al-Karim o observava sorrindo de seu posto atrás do balcão, os olhos brilhantes de curiosidade. Ele se aproximou de Yacub, a quem tentava instruir com base na própria trajetória de vida, passando os dedos pelo bigode.

— *Chu*, o menino está indo embora ganhar a vida? Vai colocar a *kache* nas costas e desaparecer em uma curva da estrada? — Abd al-Karim falava com ternura e alternava o olhar entre Yacub e o tio Mikhail. — Se pudesse eu iria com você, rapaz, e ensinava tudo o que sei. Mostraria como a gente vende fiado para esses brasileiros. Como a gente vai andando, curvando um pouco o corpo, carregando a *kache*. Como a gente coloca a mercadoria no lombo do burro, pega carona em um carro de boi. Mas preciso ficar aqui na loja, tomar conta. Não é por falta de vigor, não.

Examinando a caixa, Abd al-Karim perguntou que tipo de produto Yacub venderia na estrada. Yacub emudeceu. Olhou para o tio Mikhail, que não o ajudou. Não tinha se preocupado com aquilo ainda, porque era uma questão secundária. O importante era encontrar o *jinni*. O importante era curar a ferida. Mas se deu conta de que, se queria sobreviver no matagal do Brasil, se queria andar até queimar a sola dos pés, precisava mesmo de um plano um pouco mais concreto. De dinheiro para colocar comida no prato e leito debaixo do corpo.

Em resposta à hesitação de Yacub, Abd al-Karim pôs a mão no ombro dele e disse que não se preocupasse. Que passasse no armazém na manhã seguinte para buscar a caixa.

— Empresto para você, Yacub — disse. — A gente, os sírios, é tudo família aqui no Brasil. Vou rechear sua *kache* de produtos, as coisas que os brasileiros mais querem comprar, e você me paga quando voltar para São Paulo com as costas já leves.

Yacub aceitou a oferta. Era a única que tinha recebido, e parecia justa. O tio Mikhail explicou que era isso mesmo, que os sírios chegavam ao porto e no mesmo dia pegavam dinheiro e mercadoria emprestados de alguém. Andavam pelo interior do país, machucavam os joelhos. Alguns chegavam até o outro lado do continente, viam a cor do outro oceano, e quando voltavam a São Paulo já tinham o suficiente para abrir a própria loja. Isso quando dava certo, suspirou. Às vezes voltavam com a caixa tão pesada quanto na saída, desistiam de fazer a América. Faziam o que dava.

No fim do dia, Remédios passou no armazém. Os dois caminharam sem rumo pelo centro de São Paulo, ou assim supuseram. Logo estavam diante do revestimento rosa do edifício de que ela tanto gostava. Sentaram-se por ali e conversaram. Primeiro sobre trivialidades. Depois, em voz baixa, Yacub conseguiu anunciar que estava de partida. Disse que na manhã seguinte tomaria a estrada para o interior. Seguiria os passos dos outros sírios que tinham vindo antes dele, explicou. Venderia de mato em mato, se aventuraria.

    Remédios demorou a esboçar uma reação. Depois segurou a ponta da orelha de Yacub e puxou-a para baixo, com força, sorrindo.

— Agora que estava ficando bom você quer ir embora. Que pena.

— Não é que eu quero — tentou explicar Yacub. — Mas é o que a gente faz para ganhar a vida.

— É e não é — disse ela. — O Jorge faz dinheiro escrevendo para o jornal. Não sai andando por aí.

— O Jorge sabe escrever — disse ele e logo se arrependeu, pois viu como a espanhola ficou vermelha. — Não é isso. Não é isso. É só que é uma coisa que preciso fazer.

Yacub deitou a cabeça no colo dela. Sentia-se vulnerável como a ave que se aproxima da fruta madura na janela da casa. Voa, bica e desaparece.

— Eu vou voltar — disse ele.

— Eu sei.

Remédios olhava para os prédios, compenetrada como se contasse cada janela. Disse que precisava voltar para casa. Perguntou a que horas Yacub partiria e de onde. Recebeu a resposta em silêncio, acenando com a cabeça, e foi embora, saboreando os passos.

Yacub terminou de organizar o estoque do armazém, a última tarefa que Abd al-Karim lhe tinha dado, e pediu licença para ir embora. Caminhou sozinho até o quartinho, ensaiando a conversa que teria com Jurj. Buscava as palavras certas para se despedir. Queria encontrar as palavras exatas para explicar a Jurj quão urgente era a sua partida, a sua busca pelo *jinni*, a resolução de sua ferida aberta. Queria que existisse — e ele sabia que não existia, nem no livrinho que Jurj comprou — uma palavra que explicasse o que ele sentia.

Encontrou Jurj sentado na escada do prédio, próximo à porta do quarto. Os olhos estavam inchados e o rosto brilhava. Quando viu Yacub subir os degraus, ele se levantou, sorridente. Yacub tentou dizer que o tio Mikhail tinha lhe emprestado a caixa de mascate e Abd al-Karim lhe venderia os produtos fiado. Jurj não quis ouvir. Silenciou Yacub com um beijo na testa. Disse que já tinham falado o bastante sobre o futuro. Que bastava daquelas ideias tristes.

Abriram uma garrafa de áraque, puseram morangos em um prato e se sentaram no chão, as costas apoiadas na cama. Jurj sorria até não poder mais. Misturava a bebida leitosa com o dedo, lambendo as pontas. Puxava as folhas das frutas para trás, como um dia puxou o cabelo de Yacub, e enfiava os dentes na carne úmida. Uma vela posta entre os dois estourava suas sombras pelas paredes do quarto de pensão.

— Não me esqueço de você sentado numa caixa de madeira no porto de Santos — disse Jurj, os olhos fechados. — Vi você lá de longe, cheio de medo, um filhote desmamado. Me deu vontade de morrer, só de enxergar toda aquela tristeza. Quase nem fui falar com você.

Yacub riu. Quando terminou de beber o áraque, bebeu do copo de Jurj em vez de se servir outra vez. Não disse nada. Tentava se enxergar pelo lado de fora. Tentava se lembrar da tristeza que tinha trazido da Síria até o Brasil. Partes dela tinham descamado, pensou, visualizando uma serpente, mas tinham revelado uma dor nova embaixo da antiga, uma pele idêntica à descartada.

— Do que é que você se lembra, Yacub, quando pensa naquele dia? — perguntou Jurj.

— Das suas orelhas — disse, sem pensar.

Jurj riu. Pegou nas mãos de Yacub e as conduziu na direção da própria cabeça. Yacub as segurou uma em cada mão.

Jurj fechou os olhos, deixou o copo no chão.

— Volte para mim — sussurrou. — Não se esqueça de voltar para mim quando tudo acabar.

Tombada, uma vela queimou mais um pouco do pavio até por fim se apagar, escurecendo os dois.

17.

A MANHÃ SEGUINTE chegou depressa, depressa demais, Yacub pensou.

Levantou-se, viu Jurj adormecido e quase desistiu de tudo. Mas não desistiu. Dobrou algumas camisas e as colocou em uma sacola. Decidiu deixar o restante das coisas ali que pudessem servir de âncora. Acordou Jurj quando estava na hora de partir. O libanês deu um salto e se arrumou em um segundo. Ainda esfregava os olhos quando chegaram à rua.

Não conversaram até chegarem ao armazém, onde encontraram uma comitiva à espera de Yacub. Abd al-Karim, o tio Mikhail e Remédios sorriam ansiosos. Trocaram apertos de mãos, abraços e tapas nas costas enquanto o sol se levantava por trás dos prédios de São Paulo. A garoa da cidade refrescava os rostos que estavam esticados de tanto sorrir.

Um a um, despediram-se de Yacub. Abd al-Karim ergueu a caixa de madeira nas mãos e, orgulhoso, anunciou o conteúdo que encantaria os brasileiros do interior: frasquinhos coloridos de vidro, colares de contas, tecidos cortados à última moda, carretéis de linha, agulhas, cruzes de madeira de oliveira e objetos que Yacub nunca tinha visto na vida. Abd al-Karim disse que, na volta, falariam de preços e recompensas. Que o importante é que em cada vilarejo do Brasil houvesse um sírio andando com uma *kache* nas costas, batendo a matraca e vendendo berloques.

O tio Mikhail tinha menos palavras para Yacub. Disse que tomasse cuidado na estrada e não tivesse vergonha de voltar sem dinheiro. Para que não fosse um desses caixeiros-viajantes que, por não conseguir enriquecer, prefeririam sumir na mata e caminhar até quebrar os pés. O tio Mikhail sugeriu também que, se vendesse a crédito, nunca tivesse vergonha de cobrar a dívida.

Jurj abraçou Yacub tão longamente que pareceu, por um momento, que nunca permitiria que partisse. Disse que não tinha conselhos para dar. Que devia é receber conselhos de Yacub, porque era preciso ter muita coragem para se embrenhar no interior brasileiro. Depois retirou um envelope de um dos bolsos da jaqueta e o entregou para Yacub.

Yacub aceitou a carta, procurando as palavras para lembrar a ele que não sabia ler.

— Prefiro que você não leia mesmo — explicou Jurj. — Quando você voltar, eu leio para você.

Yacub concordou e colocou o envelope no bolso com o cuidado de não dobrar. Sabia que era o bem mais valioso que tinha. Muito mais frágil do que os vidros coloridos de Abd al-Karim.

Remédios esperou que Jurj se afastasse de Yacub e se adiantou para se despedir também. Pousou os dedos no rosto dele como uma mãe. Yacub notou como as mãos dela tinham aquele cheiro doce de quem há pouco descascou uma laranja com as unhas.

    Ela ajudou Yacub a colocar a caixa de madeira nas costas, ajustando as alças para que não machucassem demais a pele dele. Jurj insistiu em conferir se o peso não era excessivo. Abd al-Karim e o tio Mikhail disseram que o caminho seria difícil nos primeiros dias, mas que logo Yacub se esqueceria de que carregava a *kache*. Abd al-Karim começou a dizer que, como todos os sírios e libaneses, Yacub era um fenício, um comerciante nato. Yacub já não o ouvia. Lembrava-se de todos os mascates que tinha visto em uma posição parecida, pondo a caixa nas costas e deixando São Paulo.

Ele começou com passos curtos e lentos e então mais longos e velozes. Sentia o gosto amargo que contamina o paladar dos que sabem que estão certos e errados ao mesmo tempo e torcem para a proporção entre o bem e o mal lhes favorecer.

PARTE III

1.

ASSIM QUE DEIXOU o armazém e desapareceu numa esquina, Yacub desmontou o sorriso que tinha colado no rosto. A caixa nas costas pesava. Colocou-a no chão e se apoiou na parede de um cortiço. Tinha a sensação de que afundaria na terra, chegaria às profundezas, ao núcleo salgado do mundo.

Ele se afastou da cidade com passos hesitantes, fazendo força para se lembrar do que tinha visto no sonho: o *jinni* cortando estradas de terra, seguindo ao norte de São Paulo. Imaginava a criatura de fogo perseguindo os sírios que viajavam com suas caixas pelo interior do estado. Uma maldição escarlate consumindo tudo ao redor, roubando os filhos dos vilarejos agora tão distantes. Gente que nunca voltaria para a própria terra, que deixaria a roupa do corpo na curva da estrada e desapareceria.

Yacub seguiu os trilhos do trem que corriam São Paulo adentro e depois os rios que dobravam mais adiante. A cidade que ele tinha imaginado não ter fim tinha na verdade um fim abrupto. As ruas terminavam em entornos de terra, em horizontes subitamente extensos, em pastos vazios e plantações silenciosas. Surgia diante de seus olhos um Brasil que finalmente se parecia com aquilo que ele tinha visualizado ao ouvir falar do país, enquanto crescia no vilarejo: um lugar em que a natureza ainda se ensaia, ainda se descortina, em que a gente precisa tatear no escuro.

    Ele se acostumou à caixa de madeira batendo nas costelas e foi aprendendo a ajustar as faixas de jeitos mais confortáveis. Também se acostumou à vegetação engrossando nas margens dos rios, às nuvens de mosquitos lhe roendo os calcanhares e aos cachorros que latiam de longe, protegendo os casebres que apareciam no fim do mundo.

Nos primeiros dois dias, Yacub não rodopiou a matraca nem tentou vender nada. Só acenava às pessoas que o observavam das margens das estradas de terra com as mãos nos quadris e seguia o passo, cruzando os riachos por cima das pinguelas. Não sabia o que dizer. As palavras que tinha memorizado escorriam garganta adentro e voltavam ao estômago.

    Comia sem pressa o pouco que tinha trazido. Sentado nos bancos das praças das vilas, abaixava o chapéu para cobrir o rosto e torcia para dormir depressa e se esquecer de tudo aquilo que doía. O calor do corpo de Jurj, a força dos braços dele, a floresta no peito, as orelhas de cachorro. Não queria de fato esquecê-lo, porque ia doer ainda mais. Ignorava o que o professor Habib tinha dito que fizesse com Butrus. Em vez de deixar Jurj para trás, Yacub o somava ao amigo perdido, depositava-o no altar mais sagrado da memória. Com a mão na garganta, tentando apalpar o lugar que se fechava de tristeza, interrompendo a passagem do ar, Yacub se perguntava se os mascates, os que tinham pisado aqueles caminhos antes dele, tinham um dia descoberto como se esconde a solidão dentro da caixa, embaixo dos badulaques. Olhava para a luz de fogueiras acesas para assustar a geada e aos poucos adormecia, pensando no sol generoso da Síria.

No terceiro dia, Yacub acordou com a mão no bolso, segurando a carta que Jurj lhe havia escrito. Abriu-a e correu os olhos pelas linhas e pelos pontilhados que não entendia. Entendia, porém, alguma coisa: não a escrita, mas a intenção. Passou o dedo pelas letras fincadas com força na carta, e dessa vez a lembrança de Jurj o acalmou mais do que entristeceu. Era a lembrança de um futuro inteiro pela frente, a ser vivido quando voltasse.

Ao se aproximar de outra vila, esta um pouco mais encorpada do que os povoados anteriores, Yacub por fim tomou a matraca nas mãos. Manuseava o instrumento como se nunca tivesse feito outra coisa. Viu um grupo de homens sentados com as costas apoiadas na parede branca de uma igreja, chapéus enormes lançando sombras nos rostos, protegendo do sol do meio-dia. Enrolavam cigarros de palha de milho e conversavam tão depressa que Yacub não entendia o que diziam. Soou a matraca como Abd al-Karim tinha ensinado e se assustou ao ouvir as tábuas produzindo um som de motor de madeira. Os homens se levantaram e alguém gritou:

— Um turco, lá vem um turco!

Estabanado, sem dizer nada, Yacub tirou a caixa das costas, pousou-a no chão e começou a retirar alguns produtos. Explicou às gaguejadas que aquelas cruzes eram feitas de madeira de oliveira da Terra Santa. Não tinha certeza se era verdade. Era o que tinha ouvido. Pela reação dos fregueses, parecia ser. Ou poderia ter sido. Passavam os objetos de mão em mão, entusiasmados. Um grupo de mulheres tinha se aproximado também, apoiando crianças nos quadris. Vieram primeiro devagar e desconfiadas, mas logo se soltaram e passaram também a revirar a caixa.

Devolveram quase todos os itens para Yacub, um a um, e voltaram ao que estavam fazendo. Sobraram poucas pessoas ao redor do mascate, perguntando o preço e coçando atrás da cabeça enquanto tomavam uma decisão. Um homem levou um frasco de vidro com água perfumada. Uma mulher comprou um pedaço de tecido e se afastou de Yacub. Ela rodopiava segurando o pano na cintura, como se já fosse o vestido de festa que ainda precisava costurar.

Em uma vendinha, Yacub comprou um prato de comida e fumo. Sentou-se embaixo de uma árvore, enrolou um cigarro, fechou os olhos e sentiu os músculos da perna e das costas gritarem de cansaço. Imaginou que Butrus estivesse ali também. Quase sentia o calor da perna dele, tão próxima que podia até tocá-la. Para manter a ilusão, não estendeu a mão.

Cochilou ali mesmo e, quando despertou, o dia já tinha ido embora. Duas crianças o observavam, agachadas. Vestiam trapos e estavam sujas de barro. Sorriam. Assim que ele abriu os olhos e tentou dizer alguma coisa, elas se levantaram e foram embora gargalhando. Um pouco adiante, uma galinha ciscava, uma fileira de pintinhos tropeçando atrás dela.

 Yacub caminhou pela vila, ainda meio adormecido. Via a luz das velas iluminando as casinhas por dentro. Quase ninguém caminhava pelas ruas. Aproximou-se da igreja e notou que a porta estava aberta. Entrou devagar, prendendo a respiração. Viu a cruz pendurada em uma parede branca atrás do pequeno altar. Aninhou-se em um banco de madeira e conseguiu dormir.

No sonho, Yacub viu as casas de outro vilarejo. Não estavam iluminadas por dentro, com a exceção de uma em que a luz das velas transbordava pelas janelas abertas como dois olhos de fogo. As chamas ondulavam nos pavios. A construção podia ver.

 Olhava para Yacub.

2.

AO DESPERTAR, Yacub notou um prato com um bom pedaço de pão próximo de onde ele tinha pousado a cabeça durante a noite. Viu também um copo de barro cheio de água. Não encontrou ninguém para agradecer dentro da igreja. Olhou para o homem crucificado e se lembrou dos santinhos no pescoço de Butrus e Jurj. Quis agradecer àquela outra versão do próprio Deus, a versão deles.

Ao colocar a caixa nas costas outra vez, já do lado de fora da igreja, Yacub olhou para as casinhas do povoado. Comparou-as com as do pesadelo. Não se pareciam em nada com o que tinha visto à noite, de olhos fechados, e ao mesmo tempo eram idênticas. Mais uma vez indagou se estava seguindo uma profecia ao perseguir o *jinni*. Talvez seguisse sua mente confusa ou a tentação do Sussurrador. Era uma casa com olhos vermelhos o observando em algum vilarejo do interior de São Paulo, ou fugindo dele ou o atraindo para a armadilha. Ou não havia *jinni* algum.

Decidiu passar mais uma noite ali.

Sentou-se nas margens de um riacho e, afastando as moscas com as mãos, esperou que alguma coisa se movesse na água. Como nada aconteceu, voltou ao vilarejo, abriu a caixa e sacudiu a matraca. Deixou que as pernas descansassem enquanto comerciava, algo de que começava a gostar.

À noite, Yacub não voltou a sonhar com o *jinni*. Acordou com a mente vazia de imagens. Pôs a caixa nas costas, flexionou as pernas e pisou na estrada mais uma vez. Enquanto cruzava os pastos que cercavam o povoado, pensou que talvez tivesse chegado perto do *jinni*. Tão perto que a criatura já não estava nos sonhos, mas diante dele. A ideia o entusiasmava. Já ensaiava os próximos passos, as palavras que diria àquela terrível chama.

A sensação de proximidade também fazia com que perdesse a respiração. Imaginava um redemoinho de fogo descendo dos céus sem aviso e lhe consumindo todo o corpo. Mesmo as palavras ensaiadas — não sabia bem como as diria e às vezes chegava a esquecer do que queria tratar. Temia também, é claro, a resposta. Imaginava o *jinni* retrucando que sim, que a morte de Butrus tinha sido culpa de Yacub. Que sim, tinha saído do poço para se vingar. Que havia um outro futuro possível, mais feliz. A ideia doía.

O dia seguinte de caminhada foi de uma solidão total. Os povoados rarearam. Yacub já não via igrejinhas nas encruzilhadas. Via apenas raras casas de pau a pique e capim-sapê erguidas nos morros do horizonte. Nem tentou rodar a matraca. Os homens que o saudavam na beira da estrada, a pele do rosto enrugada pelo sol, não pareciam ter os meios para comprar nada. Tampouco pareciam precisar de algo. Cortavam o solo, esparramavam sementes, arrancavam a erva daninha e olhavam, orgulhosos, para os pés de milho que cresciam de um minuto para outro.

Yacub seguiu sem olhar para o horizonte. Olhava para os pés, para os rios de pó de ferro paralisados na terra. Como se lhe indicassem a direção. Como se tivessem escorrido de seu sonho para apontar o caminho no chão. Subiu e desceu os montes verdes, cansando ora a parte da frente da perna, ora a de trás.

Na metade do dia, sentou-se na beira de um açude, descalçou o sapato e enfiou os dedos na água. Olhou para a calça suja de barro, para a camisa amarrotada, imaginou o cabelo sem lei. Esticando os braços, viu como a pele escurecia embaixo do sol. Acendeu um cigarro e o fumou por alguns instantes, mas a imagem de Butrus encostado em um muro de pedras o assombrou, assim como a imagem de Jurj fumando na redação, a mão posta no ombro de Jibril Maluf. Yacub lambeu os dedos e amassou a chama na ponta do cigarro. O fogo o ferroou.

Seu corpo pediu descanso um pouco antes de o sol desaparecer. Quando as primeiras estrelas brilharam no céu, o encontraram no topo de um morro, onde as plantações davam trégua. Os insetos apareciam um a um. Vaga-lumes piscavam, tentando voltar ao firmamento. Besouros metálicos com chifres impossíveis subiam em sua calça, com as pernas grudadas no tecido, insistentes. Formigas de pinças vermelhas passavam carregando fatias de folhas, a caminho de casa. Era tudo bonito, assombrosamente bonito, e fazia com que Yacub se desesperasse. Estava à mercê da natureza. Ele não significava nada.

Quando já estava preparado para se deitar na relva, preparado para sonhar com seu rival de fogo, ouviu um som. A princípio pensou nos sapos que se esgoelavam à noite, nos outros bichos que trinavam na escuridão. Mas era música. Música de gente. Som de corda vibrando no ar e de voz afinada.

Yacub recolheu suas coisas, colocou a caixa nas costas e desceu o morro. Encontrou um grupo de homens largados ao redor de uma fogueira, olhando para aquele que tocava a viola. Viram que Yacub chegava, acenaram com a cabeça e abriram espaço como se já o esperassem. Passaram uma cesta com os pães da manhã, quase secos, e um prato de feijão.

As palavras da canção eram quase impossíveis de entender. Era português, Yacub sabia, mas também não era. A canção em si soava claríssima. Uma ferida aberta pelos dedos do homem, por sua garganta, a história de uma seca que forçou alguém a deixar a própria casa e viajar para o sul. A história de gente que bebe a água recolhida pelas folhas côncavas das árvores, que rói a carne no osso do lagarto, que na fome come até mesmo poeira. É a história da Síria, pensou Yacub, da Síria que existe também no Brasil, e da gente que é tão triste quanto eu sou.

3.

YACUB ACORDOU sem nem se lembrar de ter dormido. Os homens tinham desaparecido. Pensou que tivessem sido uma ilusão, um truque de seu cansaço, mas viu a fogueira que ainda queimava morna. Levantou-se e voltou a tomar a estrada.

Ao se aproximar da vila seguinte, Yacub já empunhou a matraca. O canto da madeira funcionou como um feitiço. Uma dupla de italianos se aproximou depressa dele e, com poucas palavras e muitos gestos, comprou alguns badulaques. Um padre delirou ao ver as relíquias da Terra Santa: além das cruzes de oliveira, comprou um punhado de incensos e velas que, como Yacub explicou repetindo as palavras de Abd al-Karim, tinham sido abençoadas em Jerusalém. Uma mulher espanhola agarrou um frasco de água de cheiro e pediu que Yacub lhe vendesse fiado. Como o jeito de ela falar português fazia com que se lembrasse de Remédios, ele aceitou. Disse que cobrava na volta. Memorizou o nome dela e o valor devido. Não tinha entendido como deveria anotar as dívidas no caderninho dado pelo tio Mikhail.

À noite, sentou-se em uma pedra e se moveu no chão como um gato à procura da posição na qual vai passar a noite. Abriu a caixa e reorganizou os produtos. Muito já tinha escoado, e outro tanto sobrava para vender. Contou as moedas e notas de mil-réis que acumulara desde a saída de São Paulo. Pensou que entendia, naquele momento, por que tantos outros sírios tinham desaparecido Brasil afora. Imaginou que caminhavam há anos sem direção, rasgando o mapa de um território sem fim, de um país onde um homem pode andar a pé para sempre. Quando decidem voltar, pensou, já não se lembram do caminho.

Enquanto fechava a caixa e começava a se espalhar pelo chão, Yacub viu dois homens se aproximando. Vinham depressa, um com o braço nas costas do outro, gargalhando.

— *Al-salam alaykum* — cumprimentou um deles, pegando Yacub desprevenido. — Vem de onde?

Yacub lhes disse o nome do vilarejo na Síria. Nenhum dos dois o conhecia, mas conseguiram localizá-lo nas suas geografias mentais ao ouvir a descrição do caminho que vinha de Damasco. Sem pedir licença, os dois se sentaram um de cada lado de Yacub e se puseram a falar.

O primeiro era um homem um pouco mais velho que Yacub. Tinha algumas manchas escuras na pele do rosto, cicatrizes de sol. Os dentes incisivos eram separados por um amplo espaço, o que lhe dava um ar divertido. Contou que se chamava Samir. Vinha de Aleppo, de uma família de comerciantes. Tinha viajado ao Brasil para resgatar o irmão, que chegou anos antes e nunca deu notícias. A mãe estava alucinada de preocupação, desejando o retorno dele para ver o filho uma última vez antes de morrer. Samir nunca encontrou o irmão. Confessou que mal tinha procurado. Encontrou outras coisas ali, coisas que nem sabia que tinha perdido, e decidiu ficar. Escrevia para a mãe de tempos em tempos, inventava histórias, dizia que estava desbravando as florestas ao norte, que tinha visto populações selvagens, pirâmides de ouro, e que continuava em busca do irmão.

O segundo homem era mais velho, talvez beirando os quarenta. O rosto rechonchudo parecia gentil. De nome Rizkalla, fugira de Rachaya para não ter de servir no Exército turco. Engolia a saliva devagar e com prazer visível, dando a impressão de estar sempre mastigando alguma coisa. Contou que tinha conhecido Samir na estrada, cada um com sua caixa nas costas. Decidiram caminhar lado a lado pelo país. Durante o dia se separavam para fazer negócios e à noite contavam juntos o dinheiro brasileiro. Há poucos meses haviam aberto um pequeno armazém de secos e molhados naquela cidadezinha mesmo. Quando ouviram que um turco tinha chegado batendo a matraca, ficaram animados para conhecer um parente distante.

Samir foi ao armazém e voltou com alguns tomates, azeite e sal, que espalhou em um prato e ofereceu para Yacub e Rizkalla. Trouxe também uma garrafa de cachaça, apresentando a bebida a Yacub como uma variação do áraque. Quando Yacub tentou misturar a aguardente com água, Samir segurou-lhe o punho e disse que não se fazia assim no Brasil. Que se bebia puro. O comerciante sírio demorou para soltar o braço de Yacub, que sentia os dedos dele cravados na carne.

Cercados pelos gritos dos sapos em uma lagoa próxima dali, os três conversaram noite adentro, lembrando da terra que tinham deixado para trás. Yacub e Samir reclamaram dos franceses, Rizkalla amaldiçoou os turcos. Enumeraram as vilas e estradinhas pelas quais tinham passado. Falaram de pessoas que conheciam em Damasco e Beirute. Tentaram encontrar pontos em que as três vidas tinham se cruzado. Não acharam nada. Quase como se a terra natal que chamavam pelo mesmo nome fossem várias, não uma, e cada um deles tivesse vindo de um lugar diferente. A ideia entristeceu Yacub e fez com que se sentisse especialmente sozinho naquela noite, sem Jurj por perto para sorrir.

Quando metade da cachaça já tinha sumido da garrafa, Samir deitou a cabeça no colo de Rizkalla e apontou para as estrelas. Cerrou os olhos e tentou se lembrar do nome das constelações. Rizkalla o corrigia e, segurando o braço de Samir, fazia com que o dedo dele mostrasse os pontos certos no céu. Yacub observava em silêncio, um rombo na garganta. Fez um esforço para não desabar. O álcool corroía a represa que continha as lágrimas atrás dos olhos. De tanto falar da Síria, pensava na mãe e no pai sozinhos no vilarejo, em eterna espera.

— Como foi que tudo isso deu tão certo para vocês? — perguntou Yacub.

— Tudo isso o quê? — Samir estava surpreso. Trocou olhares com Rizkalla.

— A mascateação, o armazém. — Yacub quis elencar também a cumplicidade que ele adivinhava entre os dois sírios, mas se calou.

Samir disse que nada tinha dado certo. Ou melhor, que antes de dar certo tudo tinha dado errado. Que foi preciso ser como as aranhas obstinadas daquelas terras, que constroem teias entre as árvores durante a noite. De manhã, os homens passam pela plantação arrancando as teias, abrindo caminho. Mas de noite, outra vez, as aranhas tecem.

— Foi o que fizemos — disse Samir. — Construíamos nossa teia toda noite e suspirávamos quando ela desaparecia. Um dia, os homens se cansaram de destruir nossa casa e sobrevivemos.

Encerraram a noite assim que a garrafa terminou. Levantaram-se com dificuldade, rindo e se apoiando um no outro. Fumaram o último cigarro da noite andando pela cidade. Samir e Rizkalla convidaram Yacub para pernoitar no armazém. Disseram que colocariam uma esteira no chão. Ele aceitou o conforto inesperado e caminhou atrás dos dois.

Ao chegarem à porta da loja, Yacub notou uma casa desabada do outro lado da rua. A madeira das vigas e das paredes estava enegrecida e enrugada. Cinzas e carvão cobriam o chão. Com os pelos arrepiados e uma sensação de frio que perfurava a pele, Yacub perguntou o que tinha acontecido. Samir disse que na noite anterior a casa de repente tinha sido tragada por labaredas. Um casal de camponeses tinha morrido. Uma tristeza sem tamanho. Era uma das tantas histórias inexplicáveis do vilarejo, afirmou, sorrindo e dando de ombros. Evocava as histórias que a população local contava sobre demônios que azedavam o leite e davam nós na crina dos cavalos.

Yacub se calou. Cogitou falar da criatura que buscava, falar dos sonhos e do pesadelo de ter perdido Butrus, mas não encontrou forças para se ferir com aquelas lembranças. Entrou no armazém atrás de Samir e Rizkalla e esperou que abrissem a esteira no chão entre as prateleiras. Samir se despediu de Yacub com um longo abraço inesperado, apertando os dedos nas costas dele. Parecia querer dizer algo. Rizkalla acenou e desapareceu atrás de uma porta.

Deitado no colchão, Yacub respirava com dificuldade. A imagem do fogo inclemente veio antes mesmo de adormecer. Bastava que fechasse os olhos para ver as chamas mastigando a casa do outro lado da rua, esfarelando os ossos dos moradores, agora misturados à terra crua.

No sonho, a imagem da casa em chamas deu lugar a uma planície. Yacub estava de pé diante de uma cerca de madeira podre e arame farpado. Via do outro lado, a perder de vista, fileiras de um arbusto de folhas verde-escuras, os galhos se entortando com o peso dos frutos avermelhados que pendiam deles. Yacub se agachou e passou por baixo dos fios de metal retorcido. Andou por entre as paredes de vegetação, estendendo as mãos para sentir a aspereza das folhas. Passado algum tempo, enxergou uma figura que vinha na direção dele, trotando em linha reta pelo vão na plantação. Um cavalo de pelo escuro. Os cascos marcavam o chão com um rastro de fogo. Relinchando ar quente, o animal apertou o passo.

Yacub não tentou fugir. Só esperou pelo impacto.

4.

YACUB ABRIU OS OLHOS antes mesmo de o sol nascer. Continuou deitado na esteira até Samir e Rizkalla aparecerem à porta com uma xícara de café forte. Perguntaram se tinha dormido bem. Yacub mentiu. Pensou em si mesmo como um cabrito deitado em cima de um galho de árvore, um cabrito tentando se equilibrar para não cair no abismo.

Ficou de pé e reuniu os pertences. Lavou o rosto na tigela de água que Samir lhe alcançou, removendo as lágrimas secas do canto dos olhos. Estalou o pescoço e se preparou para partir. Agradeceu comovido a gentileza dos patrícios, a quem quase já queria chamar de amigos, de irmãos, e caminhou em direção à porta. Samir o interrompeu.

— Para que lado você vai?

Yacub não soube responder de imediato. Disse que para o norte. Depois, pensando nas imagens que tinham se fincado na sua pele durante o sonho, perguntou onde é que poderia encontrar aqueles arbustos verde-escuros. Samir gargalhou ao ouvir a complicada descrição feita por Yacub.

— Você está falando de pés de café, *ya rafiqi*?

— Acho que sim. Eu não sabia que era café. Vi a plantação uma vez só, de longe.

— Pois olhando para o norte, meu amigo, a gente só vê esse tapete verde cobrindo tudo. Não se sabe onde termina. Um homem como você, com uma *kache* nas costas, faz fortuna nesse mar sem fim de café, estendido até a fronteira. O que tem de colono estrangeiro nessas fazendas desesperado para comprar nossos produtos... Você chega lá, vende mais barato que os brasileiros e é sufocado pela italianada que quer ver o que vai dentro da caixa.

Samir e Rizkalla trocaram olhares e, sem dizer nada, pareceram ter chegado a um acordo.

— Escute, Yacub. — Era Samir quem continuava falando. — Você já deve ter vendido um bocado desde que saiu de São Paulo. A gente está justamente querendo se livrar de uns produtos aqui do armazém. Então temos uma proposta. Você leva uns badulaques daqui, coisa miúda, e vende nas fazendas de café. Paga na volta mesmo, quando passar por aqui. Sem pressa. Não tem por que dizer que não.

Yacub consentiu. Rizkalla correu ao depósito e voltou com todo tipo de produto, meias, ceroulas, peças de pano americano, colares de conta e remédios desconhecidos que Samir explicou terem bastante procura mato adentro. Yacub acomodou os produtos como pôde na caixa, lamentando em silêncio o peso adicional que lhe esmagava as costelas e lhe desacelerava o passo.

Como se lesse o pensamento de Yacub, Samir explicou que tinha de levar um carregamento na carroça em direção ao norte. Que adoraria a companhia de Yacub, se ele quisesse aproveitar a carona. Podiam partir naquela manhã mesmo, e o sírio o deixaria em uma plantação de café.

— Você tem sorte de ir com o Samir — disse Rizkalla

rindo e tomando o braço de Samir com a mão. — Veja só estes braços musculosos, fortes de tanto carregar a *kache* pelo mato. Quando você voltar, vai estar assim, forçudo, a inveja de todo mundo.

Acertados os detalhes da viagem, que de fato veio em bom momento para as pernas de Yacub, estropiadas de tanto andar, Samir e Rizkalla voltaram a desaparecer atrás da porta. Yacub caminhou pelo armazém, comparando os produtos com o estoque da loja de Abd al-Karim em São Paulo. Reconhecia algumas caixas e latas. Outras eram novas para ele. Viu também uma pilha de jornais em cima de um balcão, amarrada por duas cordas. Passou o dedo pelo título que, apesar de não poder ler, já conhecia pelas curvas do árabe e pelos ângulos retos do português. Tomou um dos exemplares na mão, esforçando-se para não desatar a pilha, e o folheou. Procurava o nome de Jurj, mas não o via. Não se lembrava do desenho das letras.

— Vejo que você é mais um entusiasta do *Huriyyat al-Bahr* — disse Samir, voltando à parte da frente da loja.

— Um amigo costumava ler para mim em São Paulo — disse Yacub, fechando o exemplar.

— Eu leio, se você quiser, enquanto o Rizkalla carrega a carroça. — Samir já foi se sentando.

Yacub aceitou a oferta e pediu que Samir lesse a coluna de Jurj. O sírio revirou o jornal até encontrar o texto no pé de uma página. Leu primeiro em voz baixa, depois uma segunda vez para Yacub ouvir. Era uma dura crítica ao mandato francês, comparando o alto-comissário a um *jinni* que tinha amaldiçoado o Líbano, queimando a terra até não sobrar mais nada para explorar.

O texto de Jurj fez Yacub sorrir. Perguntou-se se o amigo tinha incluído as menções ao *jinni* como uma espécie de mensagem secreta para só ele entender. Um aceno, uma lembrança, um apelo para que voltasse. Mas Jurj sabia que Yacub não conseguia ler o jornal sozinho. A ideia de que estivesse tentando se comunicar assim, a distância e ao acaso, parecia improvável. Pensou na carta de Jurj no bolso da jaqueta, colada ao coração. Sentiu o impulso de mostrá-la a Samir e pedir que a lesse também, mas não disse nada.

Rizkalla foi avisar que o animal já estava carregado. A carroça abraçava o cavalo por trás com duas robustas vigas de madeira. Os produtos empilhados mal deixavam espaço para que Samir e Yacub se sentassem atrás do cavalo, os corpos grudados um no outro e as pernas dependuradas ao lado das rodas. O cavalo começou a se mover, primeiro devagar e logo depressa. Despediram-se de Rizkalla, que acenava de longe de modo exagerado. Yacub olhava fixamente para os cascos batendo com força no chão.

Passaram a primeira hora calados, ouvindo o vento suspirar. Depois falaram do tanto de verde que existia no Brasil, dos pássaros que nunca tinham visto na Síria, das serpentes que ao que parecia eram capazes de engolir um boi inteiro, dos lagartos de olhos vidrados escondidos sob as folhas de nenúfar, das aranhas metálicas, das vespas do tamanho de um punho. Yacub pensava, sorrindo, que tudo aquilo era ainda mais absurdo do que a sua criatura de fogo. Tudo aqui, pensava, cresce em ritmos e formatos monstruosos como nos meus piores pesadelos.

O braço de Yacub roçava no de Samir, eletrificando. Yacub lembrou-se dos dedos de Rizkalla medindo os músculos do amigo. O braço forte que todo mascate tinha quando voltava do interior. Olhou para o próprio braço, que agora lhe parecia raquítico.

— *Habibi* — disse Samir depois de outra pausa na conversa. — Por que você veio para o Brasil?

— Para enriquecer.

— Enriquecer e o que mais?

— Sobreviver — disse Yacub. — Sobreviver, mais do que enriquecer. Enriquecer eu nem quero.

5.

COM OS OLHOS marejados, Yacub olhava a paisagem brasileira e via a do vilarejo na Síria. Trocava as árvores enormes e o mato verde úmido por uma vegetação seca e pisoteada, trocava a terra vermelha pela poeira de que se lembrava tão bem. Via Butrus no lugar de Samir conduzindo não uma carroça, mas um cavalo magro. Via também Jurj e Remédios em algum lugar daquele sonho lúcido, assim como os pais, a avó de quem sentia saudade, a silhueta de Damasco marcada contra o céu azul, azul do interior de São Paulo.

Samir provavelmente notou o silêncio triste de Yacub, porque sem tirar os olhos da estrada estendeu a mão e a colocou no pescoço dele. Não disse nada, tampouco havia necessidade de dizer. Yacub sorriu e seguiu em silêncio, sentindo a dor das palavras entaladas. Quando Samir retirou a mão e voltou a segurar as rédeas, o calor daqueles dedos não sumiu da pele de Yacub. Yacub quase pediu mais, que voltasse a tocá-lo, porque queria se sentir protegido mais uma vez.

Encostaram a carroça em uma curva e, na sombra, comeram as laranjas que Samir tinha trazido. Yacub o observou cravar as unhas na casca. Descansaram por algum tempo, deitados no chão. Samir cochilou, mas Yacub manteve os olhos abertos, fixos no céu. Seguia o movimento de uma ave de rapina rasgando as nuvens baixas.

Um pouco antes do entardecer, Samir deixou Yacub em uma estrada de terra. O caminho seguia montanha abaixo rumo a um riacho e a uma cerca. Arbustos de café cresciam enfileirados como no sonho, e seguiam marcando a terra até o horizonte. Uma pele esverdeada, pensou.

Os dois sírios se abraçaram como se abraçam os bons amigos. Samir insistiu que Yacub voltasse, não para pagar os produtos, isso era o de menos, disse, mas para visitar, contar as histórias que tinha acumulado no fundo da caixa, o fundo onde os mascates guardavam as aventuras, onde se escondiam todos os segredos das estradas do Brasil, os segredos que mesmo os brasileiros desconheciam.

— Vou voltar — disse. Sorriu e esperou até Samir manobrar a carroça e sumir de vista.

Com as mãos nas alças da caixa, lembrando-se de como Jurj enfiava os dedos atrás dos suspensórios, Yacub cruzou a cerca e seguiu em uma linha reta cafezal adentro. Com o tronco cortava teias de aranha suspensas entre os arbustos. Pensava na história de Samir, de como tecia sua teia toda noite, desafiando a vontade dos outros homens.

Sentia o cheiro doce da terra.

Como Samir e Rizkalla tinham dito, o café era um manto cobrindo o mundo inteiro. Yacub caminhou por horas sem ver nada além daqueles arbustos carregados de frutas vermelhas. Animais rastejavam por cima de seu pé, invisíveis entre tanto mato.

Exausto, sentou-se entre as fileiras da plantação e rearranjou o conteúdo da caixa. Decidiu deixar alguns produtos para trás, livrando-se do peso. Colocou algumas das quinquilharias de madeira no chão, cruzes e ícones que tomavam muito de sua força, coisas que não queria nem vender. Depois, lembrando-se da generosidade de Abd al-Karim, de Samir e Rizkalla, voltou a colocá-los na *kache*. Não eram seus para se desfazer deles.

Uma ave curiosa se aproximou quando Yacub já tinha fechado a caixa. Veio com um corpo roliço equilibrado em duas pernas finas. Uma penugem crescia onde o bico laranja se fundia ao rosto, como uma coroa colocada no lugar errado. Yacub olhou para o pássaro, que olhou para ele, e adormeceu no meio da tarde.

Mais adiante, surpreendeu um grupo de colonos agachados diante dos pés de café. Agarravam e pelavam os galhos mais baixos de alguns arbustos. Ficaram de pé num pulo, limparam as folhas secas que tinham se grudado nas roupas e saudaram Yacub. Olhavam por cima do ombro dele, a vista na caixa. Sem dizer nada, colocou o objeto no chão e começou a mostrar os produtos que tinha trazido do armazém de Samir e Rizkalla. Repetia algumas das palavras que havia memorizado. É bom, é barato, é da Terra Santa. Os catadores de café se entusiasmaram em especial com as coisas pequenas, aquelas que cabiam na palma da mão, e com o que podiam comprar sem comprometer o pagamento mirrado.

Quando Yacub devolveu a caixa às costas e começou a se afastar dos colonos, um senhor se aproximou dele e o cutucou no ombro. Com poucas e simples palavras em português, convidou-o para passar a noite na casa dele. Disse que era tarde demais para bater pé naquele chão traiçoeiro, num país em que os escorpiões se escondem debaixo das folhas secas para ferroar.

Aceitou a oferta pensando nas costas e pernas castigadas pela caixa. Esperou que o homem terminasse de trabalhar e, pouco depois, foi atrás dele até o sopé da montanha. Os colonos viviam em casas enfileiradas, todas iguais, de tijolo de barro e teto de palha.

O homem morava com outros italianos. Animados em ver o mascate, eles também inspecionaram os produtos. Na sequência, convidaram Yacub para um gole de aguardente e uma refeição de rodelas de salame temperadas com limão. Sentados no chão em volta de Yacub, pediram que contasse histórias da terra onde tinha nascido e crescido. Tímido, ele falou de como a avó amassava a carne crua com as mãos, misturando-a com trigo e temperando-a com cebola e hortelã triturado. Ouviu as histórias deles também. Tinham fugido da fome e, chegando a Santos, dormiram em uma hospedaria e seguiram de trem direto para o interior. Estavam desde então presos à terra para pagar dívidas que já nem entendiam. Eram obrigados a comprar os estoques do mercadinho do fazendeiro, que era afinal a única opção nos arredores. Por isso celebravam tanto a chegada de um caixeiro-viajante. Era a oportunidade de adquirir mais barato aquilo de que precisavam e, com sorte, pagar só no mês seguinte.

Pouco a pouco, os homens se despediram de Yacub e se deitaram nos colchões espalhados pela sala. Disseram que acordariam dali a pouco para cortar a mão nos galhos de café, colhendo os malditos grãos. Yacub se ajeitou em um colchão improvisado. Ficou vendo os santinhos que enfeitavam a superfície dos móveis, ouvindo as preces feitas pelos italianos aos sussurros antes de adormecer. Lembrou-se do escapulário de Butrus e da cruz de Jurj, das igrejas antigas enfiadas nas escarpas da Síria.

Fechou os olhos e torceu para dormir sem sobressaltos. Custou a pegar no sono. Ouvia os roncos dos homens, farejava o suor e o cansaço que não tinham tido forças para lavar. Pensava também na camaradagem deles, na vida compartilhada. Algo que aliviava o sofrimento de uma existência tão dura.

Choveu à noite, uma chuva de sacudir as paredes, de trovoadas, de vento forte.

Com a garganta apertada, Yacub sonhou. Viu-se de pé em uma estrada de terra batida. Sentia o calor do *jinni* atrás de si, mas não queria se virar e olhar para ele. Queria seguir adiante. Iluminado por trás, o corpo de Yacub projetava uma longa sombra no chão, cada vez mais extensa.

— Estamos tão próximos do nosso encontro — disse o *jinni*, roçando a boca de fogo na orelha de Yacub. — Tanto que já quase consigo sentir o frio da sua pele presa nos meus dentes. Venha, venha, venha.

6.

YACUB ACORDOU antes do sol, afogado no próprio suor. Colocou a palma de uma das mãos na testa, sentindo a pele queimar. A cabeça doía, uma dor pulsante. Os músculos doíam também, massacrados. Tentando não fazer barulho, começou a recolher os pertences e deixou a casa dos colonos. Ajustou a caixa, abriu alguns botões da camisa e começou a caminhar.

Andou pelo cafezal limpando as gotas frias que lhe desciam pelo rosto, encharcando o tecido da roupa. Queria se sentar numa pedra, deitar no orvalho da terra ou num ninho de folhas secas, se atirar num riacho e se deixar levar pela corrente. A caixa pesava mais do que nos dias anteriores. Mas Yacub seguia em frente por uma trilha. Farejava o cheiro doce que o fogo deixa quando queima o ar, misturado ao de cravo e de noz-moscada com que tinha sonhado tantas vezes. Apressou o passo enquanto sussurrava que não temia nada, nada.

Chegou a um pequeno povoado. Um touro pastava perto de uma cruz branca. Desviou das estradas, das casinhas e das pessoas de passos lentos, ainda despertando para o dia. Já não tinha tempo para nada que não fosse sua caça. Desceu um morro e seguiu o caminho de terra que serpenteava ao lado de um riacho. Ouvia uma chama sibilar na superfície da água, flutuando num vapor invisível. A febre lhe queimava a pele ainda mais. Sentia uma dor seca e azeda lhe repuxar todos os músculos do rosto.

Seguindo as instruções recebidas no sonho, subiu por uma estrada que dobrava à esquerda, passando no meio de uma floresta aberta de folhas esparsas. O vento sacudia as copas das árvores, fazendo chover as gotas acumuladas à noite, uma chuva gelada que picava a pele. Vozes antigas sussurravam por trás das sombras. Viu o enorme tronco morto de uma árvore incendiada. Viu também uma ave negra de asas dobradas alimentando-se da carcaça de um animal, irreconhecível em sua decomposição. Tentou adivinhar em que dobra do mapa ele caminhava, em que parte daquela terra sem fim e tão longe da Síria.

Interrompeu o pensamento quando viu diante de si um portão de ferro entreaberto. Decidiu ir por ali. Do outro lado, enxergou algumas casas incrustadas no sopé de uma montanha. Estavam incineradas, arruinadas, transformadas em um tapete de cinzas. Caminhando entre os escombros, Yacub sentiu o calor que ainda transpirava da madeira. Olhou para a floresta que subia por trás das construções, erguida em formas verticais, e caminhou até sua fronteira verde.

— Mostre o rosto! — gritou. A voz ecoou vazia, assustando as aves empoleiradas nos galhos.

Entrou na mata fechada. Os pés tocavam estranhos e diminutos animais, formigas coloridas que nunca tinha visto, aranhas apressadas saltando de uma folha a outra, centopeias em busca do esconderijo de uma pedra solta. O cheiro de fogo lhe queimava as narinas.

Seguiu o ardor até chegar a uma clareira. Desacelerou as pernas trêmulas e prendeu a respiração por um longo instante. Deixou a caixa de madeira no chão, sem cuidado algum. Não se importou quando a viu tombar, vomitando frascos de vidro e colares de contas. A abertura brilhava na floresta, iluminada por raios de sol caindo perpendiculares ao solo.

Viu um poço d'água coberto por tapumes podres.

Receoso, se aproximou e pôs as mãos nas pedras e na madeira, sentindo a temperatura. Como ele, o poço queimava de febre. Pensou nos incontáveis caminhos que se abriam diante dele naquela encruzilhada, nas decisões que podiam levá-lo de volta a pontos anteriores ou empurrá-lo mais adiante.

Não pensou em retroceder. Pensou na cólera. Arrancou os tapumes e expôs a abertura do poço.

Deu alguns passos para trás, apoiou as costas em uma árvore e acendeu um cigarro. Mantinha os olhos colados no poço. Antes da última tragada, ouviu passos estalando as folhas secas no chão da clareira: um lobo se aproximava de cabeça erguida.

Não era um animal como aqueles que Yacub tinha visto na Síria. Este parecia ser feito de fogo, a penugem marrom-

-avermelhada terminando em fios pontiagudos; uma crina negra descia pelas costas. Equilibrava-se em longas e magras patas negras, como se calçasse botas. Levantava as enormes orelhas e olhava dentro dos olhos de Yacub.

— O que você quer de mim? — perguntou o lobo a Yacub, sorrindo com dentes sujos de carniça.

7.

A VOZ ESTRONDOSA fez os joelhos de Yacub fraquejarem, e ele se engasgou com as próprias palavras. O lobo o observava com olhos inflamados. Logo as patas começaram a se incendiar, envolvendo todo o animal em uma labareda. Quando se apagou, a chama revelou a forma de um homem nu.

— O que você quer de mim? — repetiu o *jinni*. — Você cruzou o mar e caminhou sobre a poeira que levantei nas estradas de terra. Você respirou meu fogo, suou minha voz, lambeu minha imagem e chorou meu nome. Se eu quiser, posso desaparecer agora, derreter e deslizar para dentro da terra, contaminando os lençóis de água e escoando até um rio. Mas estou curioso. O que você quer de mim? O que quer de Mishaal, o Fogaréu?

O *jinni* tinha traços delicados, a começar por olhos femininos que olhavam Yacub pelo avesso. Os músculos do corpo exposto seguiam linhas precisas. Era um belo homem, ou algo que tinha tomado a forma de um belo homem, pensou Yacub. Notou como a barba do *jinni* estava trançada em padrões retilíneos, de estátua talhada na pedra, assim como tinha visto em um sonho. O sexo pendia entre as pernas, apontando para o chão, aninhado em um maço de penugem.

— Quero saber se você amaldiçoou meu Butrus — reuniu toda a força que tinha para conseguir dizer aquilo.

— É *esse* o segredo que você quer do meu fogo? — perguntou o *jinni*, sorrindo. — Não quer saber o que há nas entranhas da terra, nem onde se escondem as espadas de Salomão, nem se é possível andar na face do mundo sem jamais fenecer?

— Quero saber se você amaldiçoou o meu Butrus — repetiu.

O *jinni* parecia satisfeito com a situação. Caminhava pela clareira como um rei da Antiguidade.

— Nós, os *jinn*, não podemos mentir. Não precisamos, é claro, responder a pergunta alguma. Mas agora estou intrigado, meu caro Yacub, então vou ser honesto. Sim. Sou eu a cólera de Butrus.

— Por quê? — perguntou, rangendo os dentes e cerrando os punhos. — Por quê?

— Porque eu quis — disse Mishaal devagar, sem emoção. — Porque pude e então fiz. Se era isso o que você queria saber de mim, se era essa a resposta que procurava, receio que vai partir ainda mais devastado do que chegou. Mas, mas, mas eu enxergo outras coisas em você.

Yacub se lembrou das tardes na casa do tio Matar e da noite em que Butrus foi sozinho ao jardim.

— Foi minha culpa? — perguntou. — Foi por minha culpa que você queimou meu Butrus?

O *jinni* se surpreendeu com a pergunta. Com um estalo dos dedos, incendiou o próprio bigode, enfeitando o rosto com uma labareda. Passou a mão pelo peitoral desnudo. Estava claro que pensava em alguma coisa. Que pesava vantagens e desvantagens numa balança invisível. Mishaal por fim decidiu responder a Yacub, com a voz se assemelhando ao som do vento tombando a areia de uma duna.

— Não.

Como as pernas já não o sustentavam, Yacub se sentou no chão. Deixou que as lágrimas caíssem na terra da clareira, alimentando a vegetação rasteira, brilhando sob a luz do sol.

— Não foi sua culpa, mas agora pode ser. Quando você me viu nos pesadelos eu também vi você. Os sonhos, talvez você não saiba, são espelhos que refletem ambos os lados. Pois eu vi o homem com quem você se deleitou neste país. Vi-o e senti uma fome terrível.

— Deixe-o — gritou para Mishaal. — Você já tomou tudo o que eu tinha.

O *jinni* sorriu.

— Posso deixá-lo — disse. — Não porque precise, mas, mas, mas porque você tem algo mais doce para oferecer, algo com gosto de pasta de gergelim. Tenho um preço. Tudo tem um preço. Vocês, mascates, sabem disso. Você vai ter de fazer uma escolha. Quero que ouça a minha voz com atenção.

O *jinni* abriu a mão direita e queimou as árvores ao redor da clareira, criando uma fronteira de fogo. Yacub retesou os músculos, mas não pensou em fugir.

— Sua primeira opção é me entregar todas as lembranças que você tem do Brasil. Todas. Deixar que eu devore tudo de que você se recorda desde que pisou no porto de Santos. Vou saborear as memórias de seu primeiro encontro com aquele homem a quem você chama de Jurj. Ficarei deliciado ao mastigar as coisas que você sente sem dizer, os segredos que tardou em revelar ou nunca revelou. Engolirei seus planos um a um, como você engoliu os pratos de *mjadara*.

Os olhos de Yacub escureciam de desespero.

— Sua segunda opção — continuou o *jinni* — é me entregar todas as lembranças que você tem da Síria. Me oferecer, em um prato de dor, as manhãs passadas com o jovem a quem você chama de Butrus. Vou lamber os beiços depois de provar a memória da carne dele. O amor que você sentia e nunca revelou vai forrar meu estômago de fogo como uvas maduras. Vou me fortalecer com as imagens que você guarda detrás dos olhos para evocar quando precisar.

Sem reagir, Yacub ouviu Mishaal determinar a encruzilhada. O círculo de fogo queimou mais forte. Outro círculo de fogo apertou seu coração até que a caixa de sangue se tornasse um ponto infinitamente pequeno.

— Por que preciso escolher?

— Porque quero que escolha. Você não precisava ter me perseguido nem me encurralado. Foi a decisão que você tomou. Nas histórias que seus antepassados contavam em torno da fogueira, os heróis nunca pagavam o preço real. Mas, mas, mas você vai ter de pagar na moeda que eu escolhi.

Mishaal caminhava pela clareira com os olhos fixados nos de Yacub.

Yacub pensava no Brasil e na Síria como se fossem um lugar só, um território estendido por cima do mar, uma pele esticada ao limite para cobrir toda a carne. Uma pele que começava a rasgar. Mishaal pedia que Yacub escolhesse entre uma casa e outra. Mas ele queria ambas. Jurj esperava de um lado. Butrus esperava no oposto.

O *jinni* caminhou até ele com um ultimato de fogo.

Resignado, mas reticente, Yacub decidiu. Tirou a carta de Jurj do bolso. Olhou para o objeto entre os dedos trêmulos. Pediu-lhe que o perdoasse. Que entendesse.

Entregou o objeto ao *jinni*, que o esperava de braços estendidos e o tomou na mão com um sorriso brutal. O fogo corroeu o papel a partir das bordas, chegando ao centro vindo de todos os lados. A chama não fez fumaça. Enegreceu, transformando-se em um punhado de cinzas.

A muralha de fogo em torno da clareira arrefeceu. Com os olhos turvos pelas lágrimas, e soluçando palavras incompreensíveis que não eram nem árabe nem português, Yacub passou a mão pela cabeça e olhou para a caixa de madeira. Por um instante, ela significou tudo para ele. Depois passou a não ser nada.

— Venha — disse o *jinni* a Yacub, apagando as labaredas e virando homem.

Mishaal, o Fogaréu, estendeu a mão tenebrosa e o guiou morro abaixo. Quando deram as costas para a clareira, as pedras desmoronaram e enterraram o poço, fazendo-o desaparecer. Sobrou apenas uma pedra incrustada na terra, apontando para cima como um pequeno monumento.

Yacub e o *jinni* caminharam devagar, sem paradas, até São Paulo e depois até o porto de Santos. Os pés de Yacub pisavam no chão como se ele estivesse sonhando, como se nem estivesse ali. Embarcaram no primeiro vapor rumo a Beirute.

Epílogo

QUANDO O DEVOLVI ao vilarejo, ao colo da mãe e aos jardins abandonados, nós dois tínhamos passado um bom tempo juntos. Delirando no navio, sem me reconhecer, Yacub me contou suas desventuras na Síria e no Brasil. Completei as lacunas da história com as memórias que queimei na clareira, ou com o que supus ou inventei. Decidi escrever a história dele para que a chama queimasse um pouco mais. Eu sabia que nós dois — Mishaal e Yacub — desapareceríamos assim que o pavio da vela chegasse ao fim e já não lançasse sombras escuras nas paredes deste mundo. Quis prolongar nossa noite. Retorno agora ao *barzakh*, ao espaço invisível que separa a água de dois mares quando eles por fim se encontram. Àquele lugar em que eu ainda posso existir, até que já não possa mais.

🌐 intrinseca.com.br

🐦 @intrinseca

👍 editoraintrinseca

📷 @intrinseca

🎵 @editoraintrinseca

▶ editoraintrinseca

1ª edição	JULHO DE 2022
impressão	PANCROM
papel de miolo	PÓLEN NATURAL 70G/M²
papel de capa	CARTÃO SUPREMO ALTA ALVURA 250G/M²
tipografia	ARNHEM PRO